Brigitte

Marcia Muller

Der Tod des Chefs

Scherz
Bern München Wien

Einzig berechtigte Übertragung aus dem Amerikanischen
von Mechtild Sandberg
Titel des Originals: »The Tree of Death«
(Früher bei Scherz erschienen unter dem deutschen Titel:
»Mord mit doppeltem Boden«)
Schutzumschlag von Heinz Looser
Foto: Thomas Cugini

2. Auflage 1995, ISBN 3-502-51523-9

Gesamtherstellung: Ebner Ulm

1

Ich konnte es nicht glauben. Unter dem Scheibenwischer meines VW Rabbit klemmte tatsächlich ein Strafzettel. Kode 27368. Was zum Teufel hieß 27368? Ich riß den Strafzettel heraus und drehte ihn um. Aus der Liste all der Dinge, die sich ein Autofahrer in Santa Barbara von Gesetzes wegen nicht erlauben darf, ging es klar hervor. Überfällige Wiederzulassung des Fahrzeugs.

»*Maldito*!« Ich warf einen Blick auf das Nummernschild. Richtig. Dem Aufkleber zufolge wäre die Wiederzulassung im April fällig gewesen. Und heute war der 2. Mai.

Zornig zerriß ich den Zettel und ließ die Fetzen auf die Straße flattern. Normalerweise bin ich eine gesetzestreue Bürgerin, aber was zuviel ist, ist zuviel.

»Wenigstens ein paar Tage Frist könnten sie einem lassen«, schimpfte ich, schon auf dem Weg zum Museum, vor mich hin. Nur des Museums wegen hatte ich vergessen, die Wiederzulassungsgebühr zu überweisen. Der Schein lag zu Hause auf meinem Schreibtisch, aber der Umzug unseres Museums samt Ein- und Auspacken und außerdem Vorbereitungen für den bevorstehenden Presse-Empfang hatten mich so in Anspruch genommen, daß ich nicht einmal Zeit gehabt hatte, ihn auszufüllen.

Trotzdem, das war sogar diesen Ärger wert, sagte ich mir mit einem Anflug von Stolz, während ich auf den Adobe-Bau aus dem 19. Jahrhundert zuging, in dem das Museum für Mexikanische Kunst nun untergebracht war. Einen Monat zuvor hatten wir noch in einem Ladenlokal im schäbigsten Viertel der Stadt gehaust; jetzt saßen wir wie die Perle im Gold in einem historischen Gebäude in Pueblo Viejo, Santa Barbaras Altstadt. Das Museum war jung – genaugenommen war es erst fünf Jahre alt – und eigentlich viel zu arm, um sich so eine stilvolle Unterkunft leisten zu können, aber der schöne alte Bau war das unerwartete Vermächtnis

eines verstorbenen Verwaltungsratsmitglieds.
Unter dem Torbogen, der in den Mittelhof führte, blieb ich einen Moment stehen und betrachtete den blaugekachelten Springbrunnen. Bis zu unserem Einzug war er völlig verstopft gewesen, aber ich hatte einen Fachmann gefunden, der ihn uns kostenlos gereinigt hatte, und nun sprudelte das Wasser heiter im Licht der Spätvormittagssonne. Die Höfe und kleinen Gärten rund um das Gebäude waren voller Blumen – Hortensien, Azaleen, Poinsettias – dank einer Vorliebe unseres Direktors für alles, was grünte und blühte.
Einer seiner wenigen Vorzüge, dachte ich, als ich ihn am Portal zu den Ausstellungsräumen stehen sah. Frank de Palma war ein dicker, kraushaariger Mann, der trotz seiner Maßanzüge immer aussah, als hätte er sich bei der Heilsarmee eingekleidet. Er stand da, die Hände auf dem Rücken, und betrachtete, ähnlich wie ich eben, den Springbrunnen und dann den Saal mit den Ausstellungsstücken aus der Kolonialzeit. Seine Krawatte saß schief, das Hemd spannte über dem überhängenden Bauch, einer der Knöpfe war aufgegangen, und durch den Spalt war schwabbeliges, dunkel behaartes Fleisch zu sehen. Angewidert wandte ich mich ab.
Ich hätte Frank sein ungepflegtes Äußeres verzeihen können, wenn er ein kompetenter Administrator gewesen wäre. Aber er nahm seine Arbeit mehr auf die leichte Schulter, und seit unserem Umzug hatte er vor lauter Aufregung überhaupt keinen Finger mehr krumm gemacht. Statt sich an seinen Schreibtisch zu setzen, wanderte er herum wie jetzt oder brüstete sich vor seiner Gefolgschaft – einer Gruppe von Männern, die ich im stillen als die mexikanische Mafia bezeichnete – mit seinem Talent, Spenden lockerzumachen. Und nicht einmal ganz zu Unrecht; er verstand sich wirklich darauf, den Leuten das Geld aus der Tasche zu ziehen. Das war auch der Grund, warum unser Verwaltungsrat ihn behielt.
Als ich mich wieder umdrehte, war er weg. Ich ging zum Por-

tal hinüber und trat in den Ausstellungsraum für die Kunst aus der Kolonialzeit. Die jahrhundertealten Kultfiguren aus jener Zeit, als Mexiko von den Spaniern beherrscht wurde, machten sich gut in ihren neuen Schaukästen, und mein Arrangement von drei Kruzifixen wirkte bestechend, fand ich, auch wenn Frank behauptet hatte, das wäre zuviel der Blutrünstigkeit auf einmal. Bei dieser Meinungsverschiedenheit hatte ich die Oberhand behalten – ich war ja schließlich auch der Kustos hier –, und ich war froh darüber. Befriedigt ging ich weiter, um mich auch in den anderen Räumen noch einmal umzusehen, ehe ich an meinen Schreibtisch zurückkehrte.

Im Ausstellungsraum für Volkskunst auf der gegenüberliegenden Seite des Hofs traf ich auf einen untersetzten jungen Mann mit einer wilden Mähne schwarzen Haares. Jesus Herrera, ein einheimischer Künstler und Schöpfer fanatischer Fabeltiere aus Papiermaché. Beinahe anbetend stand er vor einem seiner leuchtend bunten geflügelten Drachen, der von der Decke herabhing.

»Hallo, Jesse.« Er hörte den Spitznamen lieber als das biblisch belastete ›Jesus‹.

Mit blitzenden Augen drehte er sich um.

»Elena! Großartig, wie Sie sie gehängt haben.« Er wies auf den Drachen, dann auf einen Leguan mit Schmetterlingsflügeln. »Meine kleinen *camaleones* haben nie besser ausgesehen.«

Er nannte sie *camaleónes* – Chamäleons –, weil sie, wie er behauptete, je nach Hintergrund, Blickwinkel und Beleuchtung ihr Aussehen wandelten. Und ich mußte ihm recht geben.

»Es freut mich, daß Sie zufrieden sind. Die *camaleónes* werden bei der Presse bestimmt Aufsehen erregen, wenn der Empfang läuft wie geplant.«

»Warum sollte er nicht?«

Ich zuckte die Achseln. »Ich weiß auch nicht. Eigentlich müßte alles glattgehen. Die Stücke stehen. Das Essen ist bestellt.

Die freiwilligen Helfer wissen Bescheid. Die Informationsmappen sind fertig.«
»Na also. Was kann dann noch schiefgehen?«
»Keine Ahnung. Aber irgendwas geht bestimmt in die Hose.«
Jesse lachte. »Ach, Quatsch. Das Schlimmste, was passieren kann ist, daß Frank mit bekleckerter Krawatte antanzt.«
»Um Frank mach ich mir schon lange keine Sorgen mehr. Mir selber wird's allmählich zu viel. Ich bin hundemüde, aber nachts kann ich nicht schlafen. Ich hab dauernd Kopfschmerzen. Vorhin bin ich zur Apotheke rüber und hab mir ein paar Aspirin geholt, und als ich zurückkam, hatte ich einen Strafzettel am Auto. Zu Hause stapelt sich das schmutzige Geschirr, und wenn ich heute abend nicht meine Wäsche mache, habe ich zum Empfang nichts anzuziehen.«
»Arme Elena! Sie arbeiten zuviel.«
»Sagen Sie das mal dem Boss.«
»Nein, danke. Das einzige Mitglied dieser Familie, mit dem ich freiwillig rede, ist Maria.«
Maria war Franks zwanzigjährige Nichte. Sie arbeitete als Sekretärin bei uns im Museum.
»Sie sind also immer noch in sie verknallt?«
»Verknallt? Wir lieben uns«, erklärte Jesse mit Würde.
»Ich dachte, Frank hätte Ihnen klargemacht, daß das nicht geht.«
»Nein, er sagte, wenn zwischen uns was wäre, könnte ich eine Ausstellung meiner Sachen hier im Museum vergessen.«
»Muß ja hoch hergegangen sein.«
»Das kann man wohl sagen.« Jesses dunkle Augen wurden hart und kalt. »Ich hab mich erboten, ihm das Genick zu brechen.«
Seine kalte Wut war mir nicht geheuer. Jesse war ein emotionaler Mensch, der zu plötzlichen Stimmungsumschwün-

gen neigte. Und solche Umschwünge konnten recht gefährlich sein.
Er sah mir das Unbehagen wohl am Gesicht an, denn er lächelte beruhigend und sagte: »Ach was, keine Angst, Elena. Tio Taco läßt mich kalt. Aber es ist einfach traurig – Maria de la Cruz, das schönste Mädchen, das je von Mazatlán nach Norden reiste, unter der Fuchtel dieses schmierigen Fettwanstes zu wissen.«
Unwillkürlich war er in die Melodie seiner Muttersprache verfallen. Es waren Rhythmen, die ich in meiner eigenen Rede zu hören pflegte, in der Rede aller Menschen, die in spanisch sprechenden Familien aufgewachsen waren.
Ich erwiderte das Lächeln.
»Na, Frank wird sie ja nicht gerade in Ketten legen.«
»Von wegen! Es gibt unsichtbare Ketten. Bei Tag ist sie an diese verdammte Schreibmaschine gefesselt, für einen Hungerlohn, den sie für Unterkunft und Verpflegung an ihn abliefern muß, und abends – und das ist das Schlimmste – muß sie seine fünf *gordicitos* hüten.«
Ich lachte. ›Kleine Dickerchen‹ war die richtige Bezeichnung für die de-Palma-Kinder. Maria hatte wahrhaftig kein leichtes Los.
»Ja«, sagte ich, »und Robert nicht zu vergessen.«
Jesse schlug sich mit der Hand vor die Stirn.
»Der Kerl! Dick, faul und gefräßig und fünfundvierzig Jahre alt dazu. Ich bin überzeugt, der Bursche hat einen Erbfehler. Bildet sich Tio Taco wirklich ein, er könnte Maria mit seinem Bruder verheiraten?«
»Na, verwandt sind die beiden ja nicht. Maria ist Franks angeheiratete Nichte.«
»Aber – Robert?«
»Hm, ich versteh Sie.«
In der Stille hörte ich das leise Rascheln des *camaleón,* das im Luftzug über unseren Köpfen sanft hin und her schaukelte.

»Sind Sie wegen Maria hergekommen?« fragte ich.
Jesse schüttelte den Kopf.
»Nein, wir haben ausgemacht, uns ein bißchen zurückzuhalten. Tio Taco lauert ja praktisch hinter jeder Ecke.«
Wie auf Kommando betrat Frank mit Antonio Ibarra im Schlepptau den Raum. Tony war einer der Männer seines Gefolges, ein schlaksiger, hellhäutiger Mann, der vor kurzem mit seiner blutjungen Frau aus Bogotá in Kolumbien in die Vereinigten Staaten eingewandert war. Offiziell bekleidete er am Museum den Posten des pädagogischen Beraters – die reine Farce, da er nur mit minderer Intelligenz gesegnet war und die englische Sprache höchstens mäßig beherrschte.
Tatsächlich war Tony Franks Prügelknabe. Unser Direktor kommandierte ihn unablässig herum, ließ ihn unwichtige Botengänge erledigen und bezeichnete ihn in seinem Beisein stets als »mein minderbemittelter Kolumbier«. Tony seinerseits tat so, als fände er Franks beleidigendes Verhalten bloß belustigend, und gab sich uns anderen gegenüber hochmütig, daß es ans Lächerliche grenzte. Zum Glück hatte schon vor Tonys Ankunft einer unserer freiwilligen Mitarbeiter die pädagogischen Materialien betreut und machte das nun stillschweigend einfach weiter.
Frank nickte mir kühl zu, bedachte Jesse mit einem unfreundlichen Blick und ging weiter. Tony grinste uns beide an und folgte seinem Herrn und Meister in der ihm eigenen knieweichen, schlurfenden Gangart.
Ich wartete, bis beide außer Hörweite waren, ehe ich sagte: »Wie eine schleichende Krankheit.«
»Tony, meinen Sie?«
»Ja. Das paßt.«
Ich sah den beiden Männern einen Augenblick nach.
»So, jetzt sause ich besser an meinen Schreibtisch und sehe nach, was für eine Katastrophe uns in meiner Abwesenheit heimgesucht hat.«

»Grüßen Sie Maria von mir.« Jesse wandte sich wieder seinen *camaleónes* zu.

Eine zusätzliche Katastrophe brauchten wir gar nicht; mein Schreibtisch war schon eine. Im Posteingangskorb stapelten sich die Papiere zu gefährlichen Höhen. Orangefarbene Informationsmappen lagen aufgeschichtet auf einer Ecke; einige waren auf den peruanischen Teppich hinuntergefallen. Der ganze Schirm meiner Schreibtischlampe war mit Listen dieser oder jener Art beklebt. Das Telefon fehlte. Stirnrunzelnd sah ich mich um, dann fiel mir ein, daß ich es zwei Stunden vorher in einem Wutanfall in die unterste Schublade geschoben hatte. Ich holte den Apparat wieder heraus, um die Anrufe zu erwidern, die während meiner halbstündigen Abwesenheit eingegangen waren.

Es war heiß im Büro. Ich ging zum vergitterten Fenster mit Blick auf die Rasenfläche und schob den altmodischen Riegel hoch, doch ehe ich das Fenster öffnen konnte, fiel der lose Riegel wieder herunter und zwickte mir die Finger ein. Leise schimpfend schob ich den Riegel noch einmal hoch, und hielt ihn jetzt fest, bis ich das schwere Fenster nach außen gedrückt hatte. Durch den Umzug und die bevorstehenden Eröffnungsfeierlichkeiten hatte ich seit Wochen so viel zu tun, daß ich zunehmend reizbar und ungeduldig geworden war. Wenn die Lage sich beruhigt hatte, mußte ich versuchen, alles wieder etwas lockerer zu nehmen. Kein Job war es wert, daß man über ihn zum Nervenbündel wurde.

Als ich meine Telefongespräche erledigt hatte, nahm ich den Zettel, auf den ich mir aufgeschrieben hatte, was ich mit Frank noch besprechen wollte, und ging hinüber zu Maria. Sie saß, schmal und dunkel, leicht gekrümmt über ihrer Schreibmaschine, eine Hand an die Stirn gedrückt.

»Maria? Haben Sie auch Kopfschmerzen?«

Mit Tränen in den Augen sah sie auf. »Nein.« Sie schob trotzig die Unterlippe vor.

»Was ist denn?«

Marias Leben bestand aus einer niemals endenden Serie von Krisen – vielleicht weil sie so ungeheuer egozentrisch war. Sie war eine ganz ordentliche Sekretärin, aber manchmal fiel mir ihr humorloses ständiges Um-sich-selbst-Kreisen entsetzlich auf die Nerven.

»Mein Onkel – er verlangt, daß ich mit Robert auf das *Cinco-de-Mayo*-Fest gehe.«

El Cinco de Mayo – der 5. Mai – ist der Tag, an dem im Jahr 1862 das mexikanische Heer in Puebla bei Veracruz den einfallenden Franzosen eine entscheidende Niederlage beigebracht hatte. Obwohl der Feind in gewaltiger Überzahl antrat, wurde er bis nach Veracruz und zum Meer zurückgetrieben. Dieser Feiertag hat im Lauf der Zeit für Amerikaner mexikanischer Herkunft eine besondere Bedeutung gewonnen und ist zu einem Symbol ihres wachsenden Bewußtseins für ihr kulturelles Erbe geworden. Aus diesem Grund hatten wir die Eröffnungsfeier unseres Museums auf den 5. Mai festgesetzt, der nun nur noch drei Tage entfernt war.

»Aber, Maria«, meinte ich, »deswegen brauchen Sie doch nicht gleich zu weinen. Sie haben mir erzählt, daß Robert meistens zuviel trinkt und dann einschläft, wenn sie mit ihm und Frank und Ihrer Tante ausgehen.«

Sie nickte.

»Vielleicht macht er's auf dem Fest auch so – trinkt zu viel Tequila. Dann können Sie den ganzen Abend mit Jesse tanzen.«

Sie kniff die Augen zusammen.

»Ja, das schon. Robert schläft bestimmt ein. Aber mein Onkel ist immer hellwach.«

Das konnte ich nicht bestreiten. Ich wußte nicht, was ich ihr noch zum Trost hätte sagen können.

»Wo ist übrigens Ihr Onkel?«

Sie wies mit einer verächtlichen Geste zu Franks Büro.

»Draußen im Garten. Die Gärtnerei hat wieder ein paar Büsche geschickt, die pflanzt er jetzt ein.«

Ich ging ins Büro und sah zum Fenster hinaus. Jenseits der massiven schmiedeeisernen Gitterstangen war ein kleiner Innenhof, den eine zweieinhalb Meter hohe weiße Mauer umschloß. Ein mit Platten belegter Weg führte seitlich am Haus entlang zum Parkplatz, der durch ein schmiedeeisernes Tor zu erreichen war.

Frank kauerte ungefähr in der Mitte des Hofs und mühte sich mit einer großen Azalee ab. Er war gerade dabei, sie mit Draht an einem glänzenden grünen Pfahl festzubinden. Die Pflanzen – ich zählte sieben insgesamt – mußten ein kleines Vermögen gekostet haben. Sogar die Pfähle sahen teuer aus, nicht aus unbearbeitetem Holz wie üblich, sondern fein lakkiert. Ich hätte gern gewußt, ob unser Verwaltungsrat diesen Kauf genehmigt hatte.

Maria kam herein und stellte sich neben mich. Eine Weile beobachtete sie Frank stumm, dann schnalzte sie ärgerlich mit der Zunge.

»Ich glaube, ich störe ihn jetzt nicht«, sagte ich. »Er scheint richtig – glücklich zu sein.«

»Dann ist er der einzige.« Maria drehte sich um und wollte hinausgehen.

An der Tür stießen wir mit Vic Leary zusammen, dem Geschäftsführer des Museums, einem massigen, häßlichen Mann mit einem traurigen Gesicht. Er war der einzige von Franks Mafiosi, der mir gefiel. Vielleicht lag es an seiner schwermütigen Ausstrahlung, vielleicht an der väterlichen Fürsorglichkeit – er war um die Fünfzig –, womit er den Frauen vom Personal begegnete – ganz gleich, ich fühlte mich auf eine seltsame Weise zu ihm hingezogen.

Vic sah erst Maria an, dann mich, und fragte: »Wo ist Frank?«

Ich deutete zum Fenster.

Vic ging hinüber und sah hinaus.

»Er wird sich noch einen Hitzschlag holen, wenn er in der prallen Mittagssonne da draußen schuftet.« Vic war schon

seit zwanzig Jahren gewissermaßen Franks »ständiger Begleiter« und war so besorgt um ihn wie um die Frauen am Museum. »Wir sollten ihn lieber reinholen.«
»Ach, lassen Sie ihn doch, Vic. Es macht ihm Spaß. Und er kommt keinem in die Quere.«
Vic lachte. »Er war wohl in den letzten Tagen sehr ungeduldig, wie?«
»Wie ein kleiner Junge, der ein neues Haus entdeckt.«
»Tja, aber wir müssen ihn leider stören.«
»Wieso?«
»Gehen Sie mal raus auf den Parkplatz. Dann werden Sie's schon sehen. Da wartet eine Überraschung.« Sehr begeistert wirkte Vic nicht.
»Erfreulich oder unerfreulich?«
Er zögerte. »Kommt auf den Standpunkt an. Sie werden ja sehen. Gehen Sie nur raus. Ich hole Frank.«
Von Maria gefolgt, eilte ich zum Parkplatz hinaus. Vor der Laderampe stand ein offener Lastwagen, und auf seiner Pritsche eine drei Meter hohe Holzkiste. Ein Mann in Arbeitskleidung, vermutlich der Fahrer, war dabei, die Kiste aufzustemmen. Ich ging auf die andere Seite des Lastwagens, wo Jesse und Tony Ibarra standen. Isabel Cunningham, die zu unserem Verwaltungsrat gehörte und unsere aktivste freiwillige Mitarbeiterin war, stand oben auf der Pritsche und gab dem Mann beim Auspacken Anweisungen.
»Qué pasa?« fragte ich Jesse.
Er zuckte die Achseln. »Isabel hat eine Überraschung für das Museum.«
Ich sah zu Isabel Cunningham hinauf. Sie stammte aus einer der alten spanischen Grundbesitzerfamilien, die im neunzehnten Jahrhundert östlich von Santa Barbara einen riesigen *rancho* besessen hatten. Sie hatte in eine der reichsten angloamerikanischen Familien der Stadt eingeheiratet und so ihr eigenes ansehnliches Vermögen noch vergrößert. In ihrem blütenweißen Tenniskleid und mit dem elegant fri-

sierten grauen Haar wirkte sie dort oben auf dem Lastwagen, neben dem Fahrer im fleckigen Overall, völlig fehl am Platz.

Frank und Vic gesellten sich zu uns.

»*Qué pasa?*« fragte Frank wie vorher ich.

»Ja, was gibt's?« stimmte Vic ein.

Diesmal zuckten wir alle vier die Achseln, Jesse, Tony, Maria und ich.

Holz splitterte, der Fahrer legte das Stemmeisen weg und drückte die Front der Kiste abwärts. Isabel drehte sich mit triumphierendem Blick nach uns um.

In der Kiste war ein *árbol de la vida* – ein Lebensbaum. Er war mindestens zweieinhalb Meter hoch und mehr als einen Meter zwanzig breit. Der Baum ist in Mexiko seit uralter Zeit ein Symbol des Lebens, des Todes und der Wiedergeburt, und viele der alten Bäume sind von einer zarten Schönheit.

Dieser besondere Baum war rosarot, lila und grün; orangerot, türkisgrün und gelb; rot und blau mit goldenen Glanzlichtern. Auf seinen Keramikzweigen saßen Vater, Sohn und Jungfrau Maria und vermutlich auch der Heilige Geist. Adam und Eva, züchtig bedeckt mit großen grünen Feigenblättern, lachten mich an. Die himmlischen Heerscharen mit Banjos, Flöten, Harfen und Schwertern waren vertreten. Rechts und links grinsten einfältig eine Sonne und ein Mond. Es fehlte auch nicht an Pferden, Kamelen, Ziegen, Schweinen, Kaninchen, selbst ein Löwe mit einer goldenen Krone war da; ebenso Rehe, Antilopen, Panther, Einhörner und weiße Tauben. In der Mitte, zwischen Adam und Eva, lugte der Kopf einer Schlange aus dem Blattwerk, die einen blau-gelben Apfel schmauste. Außerdem hatte der Baum auch noch Blüten, und von jeder grellfarbigen Blüte ragten an langen Stielen rote Beeren heraus.

Ja, in der Tat, dieser Baum war ein Supersymbol. Womöglich glühte er bei Nacht auch noch.

»Wer hat uns denn das angetan?« flüsterte ich entsetzt. Jesse legte mir die Hand auf den Arm. »Leise.«
»Nein. Ich möchte es wissen.«
Er wies auf Isabel.
Ich hätte es wissen müsen. Isabel kam aus guter alter Familie und hatte einen hervorragenden Geschmack, aber sie hatte einen Tick. Ihr starkes Faible für den modernen Lebensbaum unterstützte mehrere Töpfer im Dorf Metepec, wo die Bäume überwiegend gefertigt werden. Da sie auf dieses Gebilde so offenkundig stolz war, hatte ihn, vermutete ich, wohl einer ihrer Protegés, verbrochen.
Isabels Ausdruck des Triumphs wurde ein wenig unsicher.
»Es ist eine Überraschung für die Einweihung«, sagte sie. »Gefällt er Ihnen?«
Wir blieben alle stumm.
»Pablo Gomez hat ihn gemacht«, fügte sie hinzu. »Er ist der einzige seiner Art, extra für unser Museum gemacht. Es wird nie einen gleichen geben.«
Ich hatte also recht gehabt; Pablo war ihr liebster Schützling, ein alter Mann, der diese Monstren produzierte wie ein Bäkker seine Brötchen.
Frank erholte sich als erster.
»Er ist eine Pracht, Isabel. Wirklich eine Pracht.« Frank wandte sich mir zu. »Ist er nicht großartig?«
Seine drohende Miene sagte klar, daß er eine gute Antwort von mir erwartete; das Museum war auf Isabels Spenden angewiesen.
»Er ist wunderschön, Isabel. Ein herrliches Beispiel des *árbol de la vida*. Und so groß. Viel größer als alles, was wir in unserer Sammlung haben.« Ich drehte mich zu Jesse um.
»Ja«, bestätigte der rasch. »Er ist wirklich großartig. Er muß ja ein Vermögen gekostet haben.«
»Das Geld spielte dabei keine Rolle.« Isabel machte eine wegwerfende Handbewegung. Ihre Unsicherheit war verflogen.

»Ich kann Ihnen nicht sagen, wie sehr wir Ihre Überraschung zu schätzen wissen, Isabel«, behauptete Frank und wandte sich diesmal Tony zu.

Tony verzog das Gesicht zu einem typischen Grinsen.

»Ich mache viele Fotos und mache neues Material für die Pädagogik.«

Ich sah ihn stirnrunzelnd an. Was zum Teufel sollte das nun wieder heißen?

»Er ist schön, nicht wahr, Maria?« fuhr Frank unterdessen fort.

Maria warf ihm einen mürrischen Blick zu und richtete dann ihren Blick mit einem strahlenden Lächeln auf Jesse. Frank war sein Ärger deutlich anzumerken.

Isabel aber war sichtlich glücklich.

»Ja, das Geld spielte bei meiner Entscheidung wirklich keine Rolle«, wiederholte sie. »Für die Einweihung unseres neuen Hauses ist mir nichts zu teuer.«

Ein schrecklicher Verdacht beschlich mich. Erwartete Isabel etwa, daß wir diese – Kreation für das Fest am 5. Mai aufstellen würden?

»Und beim Presseempfang wird er sich auch sehr gut machen«, fügte sie hinzu.

»Ich –« In heller Panik sah ich Frank an. Aber er tat so, als wüßte er gar nicht, was los war. »Ich –« Ich räusperte mich. »Isabel, ich glaube nicht, daß wir ihn bis dahin aufstellen können. Der Empfang ist morgen vormittag um zehn. Die anderen Ausstellungsstücke müßten weggenommen und anders gestellt werden, um genug Platz zu schaffen . . .«

Isabels Miene verfinsterte sich. Sie war zwar eine charmante Frau, aber wenn etwas nicht nach ihrem Kopf ging, konnte sie sehr unangenehm werden.

»Frank«, sagte ich flehend. »Ich glaube nicht –«

»Tun Sie's«, sagte Frank.

»Was?«

»Räumen Sie die anderen Stücke weg und sorgen Sie dafür, daß der Baum aufgestellt wird.«
»Aber –«
»Im Saal für Volkskunst ist Platz genug. Wir können den Baum auf einen Sperrholzsockel stellen. Lassen Sie den Anstreicher – wie heißt er gleich wieder? – ja, Pedro, herkommen. Er kann das Holz in einer Farbe streichen, die die grünen und lila Blüten hervorhebt.« Frank wies auf den Baum. »Rechts und links können wir die zwei kleineren *árboles* aus der ständigen Sammlung aufstellen.«
»Frank!«
Die Umplazierung der Ausstellungsstücke würde den ganzen Tag in Anspruch nehmen. Der Maler würde wahrscheinlich nicht frei sein. Und wer sollte den Sperrholzsockel basteln? Außerdem war der verdammte Baum spukhäßlich.
Doch Frank ließ nicht mehr mit sich reden.
»Tony, gehen Sie mit Isabel in den Saal und suchen Sie einen geeigneten Platz mit ihr aus.«
Tony nickte und schlurfte zum Lastwagen hinüber. Er half Isabel herunter und führte sie ins Museum.
»Frank!«
Frank trat ganz dicht an mich heran. Seine Augen waren schmale Schlitze.
»Ich werde Ihnen mal was sagen, und schreiben Sie sich's gefälligst hinter die Ohren. Der Baum steht bis zum Empfang. Ist das klar?«
»Frank, der Baum ist scheußlich, vulgär. Und er ist viel zu groß!«
»Sie sind nicht objektiv. Ich weiß, daß Sie die Dinger nicht leiden können.«
Da hatte er recht. Ich war durchaus bereit, meine Voreingenommenheit zuzugeben. Sie basierte schließlich auf soliden ästhetischen Prinzipien. Seit der Erfindung der Acrylfarbe waren die Bäume von Jahr zu Jahr kitschiger geworden, grell

in den Farben, die Zweige mit allen möglichen Dingen beladen, die mit dem Glauben der Indianer und Christen kaum etwas zu tun hatten. Ich hätte mit Freuden einen der älteren Bäume ausgestellt, aber nicht dieses Ding.
»Ich kann mir nicht vorstellen«, versetzte ich, »daß irgend jemand so einen Baum leiden kann.«
»Er wird aber ausgestellt, ob Ihnen das nun paßt oder nicht.«
»Sie sind zwar der Direktor hier, aber ich bin für die Sammlungen verantwortlich. Ich bin dafür verantwortlich, was unsere Besucher zu sehen bekommen und was nicht. Ich bin dafür verantwortlich, was für eine Meinung sie sich über mexikanische Kunst bilden.«
»Und Sie sind dafür verantwortlich, das da –« Er deutete mit einer ungeduldigen Geste auf den Baum – »aufzustellen.«
»Mit diesem Monstrum will ich nichts zu tun haben. Es ist abscheulich.«
»Los, gehen Sie an die Arbeit!«
»Nein, verdammt noch mal.«
Frank kam noch näher, so nahe, daß unsere Nasen beinahe aneinander stießen. Das war bei unseren häufigen Auseinandersetzungen seine Standardtaktik.
»Doch, verdammt noch mal«, sagte er leise und drohend. »Sie stellen den Baum auf. Diese Frau ist mehrere Millionen Dollar schwer, auch jetzt noch, nach ihrer Scheidung. Diese Frau tut ungeheuer viel für das Museum. Es kommt nicht in Frage, daß Sie ihr die Stimmung verderben.«
»Geld! Das ist wohl das einzige, was Sie interessiert?«
»Wir brauchen Geld, um weitermachen zu können.«
»Und was ist mit künstlerischer Integrität?«
»Das ist eine Frage zweiter Ordnung.«
»Aber nicht für mich.«
»Gehen Sie jetzt rein und sorgen Sie dafür, daß der Baum aufgestellt wird.«
»Die Zeit reicht nicht.«

»Blödsinn! Die Sockel kann Vic bauen. Der versteht sich auf so was.« Vic fuhr verdattert hoch. »Und wenn Pedro nicht frei ist, kann Jesse anmalen. Er ist schließlich Maler.« Jesse riß den Mund auf, aber es kam kein Laut heraus. »Der Fahrer kann uns helfen, den Baum reinzuschaffen.«
»Das gehört nicht zu meinem Auftrag«, erklärte der Fahrer.
Frank ignorierte ihn. Mit taxierendem Blick musterte er den Baum.
»Wir flankieren ihn links und rechts mit den zwei kleinen *árboles.* Dazu noch ein paar Fruchtbarkeitssymbole und – ah, ich hab's! Wir stellen den kleinen Todesbaum aus Terracotta auf einen Sockel.«
»Den Todesbaum«, wiederholte ich.
»Ja, den Todesbaum.«
»Das geht nicht. Das ist unästhetisch. Das darf man nicht tun. Das ist ein Sakrileg.«
»Los, erledigen Sie das.«
Mir drehte sich der Magen um. Ruhig Blut, Elena, sagte ich mir. Krieg jetzt nur keinen Wutanfall.
»Ist das klar?« fragte Frank zum zweitenmal.
Ich ballte die Fäuste. Ich knirschte mit den Zähnen.
»Nun, Miss Oliverez?« Widerlich selbstgefällig stand er vor mir.
»Sie Schwein!« zischte ich. »*Hijo de puta!* Woher nehmen Sie das Recht, sich in meine Arbeit zu mischen?«
Frank wich einen Schritt zurück.
»Wochenlang liegen Sie praktisch auf der faulen Haut, machen höchstens mal mit Ihren Pflanzen herum. Sie lassen uns schuften, während Sie das große Wort führen. Und jetzt, wo alles fertig ist, wo jedes Stück an seinem Platz steht, verlangen Sie, daß alles umgestoßen werden soll.«
Ich spürte Jesses Hand an meinem Arm, aber zur Vorsicht war es zu spät.
»Und weswegen?« fragte ich laut, während ich auf Frank zu-

ging. »Wozu? Sagen Sie mir das mal.« Mit wilder Gebärde deutete ich auf den Riesenbaum. »Für dieses Prachtexemplar von Kitsch. Wenn wir das in unser Museum stellen, wird es aussehen wie in einem Souvenirladen. Dann können wir auch gleich ein paar von diesen auf Samt gemalten Stierkampfbildern aufhängen. Ja, wollen wir das tun, Frank? Wollen Sie uns zum Spott machen?«
Frank trat noch einen Schritt zurück, aber er blieb hart.
»Ich sagte, erledigen Sie die Sache, Miss Oliverez.«
»Hijo de puta! Umbringen sollte man Sie!«
Ich wirbelte herum und rannte die Stufen zur Laderampe hinauf.

2

Sonderbarerweise regte mein Ausbruch alle zur Mithilfe an. Vielleicht aus Genugtuung darüber, daß endlich einmal jemand Frank die Meinung gesagt hatte; vielleicht aus Angst, daß die Einweihungsfeier ein Fiasko werden würde. Wahrscheinlich steckte beides dahinter. Ganz gleich, plötzlich stürzten sich alle – außer Frank natürlich – in hektische Aktivität.
Vic und Jesse kamen zu mir ins Büro und beschwichtigten mich mit guten Worten und einem Bier vom Laden an der Ecke. Isabel verkündete, sie habe im Saal für Volkskunst genau den richtigen Platz für den *árbol* gefunden, und sauste davon, um Farbe zu besorgen. Selbst Tony wischte sich sein dümmliches Grinsen vom Gesicht und machte sich mit Sperrholz, Hammer und Nägeln an die Arbeit. Maria nutzte die Zeit, um Jesse betörende Blicke zuzuwerfen.
Frank marschierte zweimal durchs Büro, wobei er mich demonstrativ ignorierte, dafür mein Bier mit einem mißbilligenden Stirnrunzeln bedachte. Schließlich verzog er sich in

sein eigenes Büro und machte die Tür zu. Ich vermutete, daß er in den Hof gegangen war, um mit seinen Pflanzen zu spielen, und war froh, nichts mit ihm zu tun haben zu müssen.

Als Jesse und Vic sicher waren, daß ich meiner Mordlust nicht nachgeben würde, gingen sie in den Saal für Volkskunst, um Tony beim Bau der Sockel zu helfen. Isabel kam mit der Farbe zurück und begann zum allgemeinen Unmut, die Arbeiten zu beaufsichtigen. Ich schickte Maria in den Laden, um noch ein paar Dosen Bier zu besorgen, und ging zur Laderampe hinaus, um mir den Lebensbaum noch einmal anzusehen.

Er war leider immer noch da – so groß und häßlich wie zuvor. Der Fahrer hockte im Wagen, die Füße zum Fenster hinausgestreckt, und hörte Country Music. Die Verzögerung schien ihm nichts auszumachen. Wahrscheinlich, dachte ich, war dies eine seiner interessanteren Fuhren. Nachdem ich dem Baum einen letzten mißmutigen Blick zugeworfen hatte, ging ich nach drinnen, um den anderen zu helfen. Wenn dieses Monstrum schon aufgestellt werden mußte, dann wenigstens fachmännisch.

Die Sockel waren fertig. Ich ging in die Damentoilette und schlüpfte in den Arbeitskittel, den ich dort deponiert hatte. Dann nahm ich mir einen Pinsel und machte mich an die Arbeit. Netterweise hatte Isabel rasch trocknende Latexfarbe gekauft.

Bei der gemeinsamen Arbeit mit Jesse, Vic und Maria – Tony war wegen Schlamperei des Saales verwiesen worden und Isabel hatte einen Termin – löste sich allmählich meine innere Spannung. Der Nachmittag wurde heiß, und wir legten häufige Pausen ein. Jesse unterhielt uns mit mehr oder weniger frechen Witzen aus seinem anscheinend unerschöpflichen Repertoire. Maria kicherte und sang uns auf Jesses Drängen hin einige mexikanische Volkslieder vor. Ich war überrascht, was für eine hübsche Stimme sie hatte. Vic war recht still, aber auf seinem sonst meist schwermütigen Gesicht lag ein Lächeln. Er kannte, das war wenigstens mein Eindruck, wohl wenige glückliche Momente und würde diesen freundschaftlichen Nachmittag gemeinsamer Tätigkeit sicher in guter Erinnerung behalten.

Um vier Uhr war die Farbe trocken. Isabel kam zurück, und wir gingen daran, den Baum hineinzubringen. Der Lastwagenfahrer vergaß auf einen Zwanzigdollarschein von Isabel hin seinen Auftrag und half uns gutmütig. Er wollte wahrscheinlich sehen, ob es noch einmal zum Krachen kommen würde. Als der Baum stand, traten wir alle zurück und betrachteten unser Werk. Einen Moment war Stille.

Dann seufzte Isabel. »Perfekt.«

Wir anderen sagten nichts.

»Oder nicht?« Sie sah mich ängstlich an.

»Er ist – ja, perfekt.«

Jesse räusperte sich. »Durch das Lila und Grün der Sockel kommen die Farben der Blüten so richtig zur Geltung.«

Isabel nickte, alle Zweifel für immer gestillt. Jesse war Künstler, er kannte sich in solchen Dingen aus.

»Vielleicht sollten wir Frank mal herholen, damit er es sich ansieht«, meinte Isabel. »Ich rufe ihn.« Sie wollte zur Tür gehen und blieb stehen. »Nein, Moment mal. Was ist mit den kleinen Lebensbäumen?«

»Richtig.« Jesse schnalzte mit den Fingern. »Ich hole sie.«

»Und den Todesbaum.«

»Isabel«, sagte ich, »da muß ich wirklich mein Veto einlegen.«

»Aber Elena, wir haben doch extra einen Sockel für ihn gebaut. Das ganze Arrangement ist verpatzt, wenn wir ihn jetzt nicht aufstellen, und Frank –«

Ich schloß die Augen, als ich den ersten Anflug heftiger Kopfschmerzen spürte.

»Okay, okay. Kommen Sie, Jesse. Ich helfe Ihnen.«

Wir gingen aus dem Saal durch den großen Mittelhof und

den Bürotrakt zu dem dunklen Flur, der zu unseren Lagerräumen im Keller führte. Dort nahm Jesse mich beim Arm und blieb stehen.

»Elena«, sagte er, »ich kann mir vorstellen, wie Ihnen zumute ist, aber im Interesse des Museums sollten wir uns jetzt nicht herumstreiten.«

»Finden Sie denn, daß dieses Arrangement im Interesse des Museums ist?«

»Es wird jedenfalls nicht weiter schaden. Sie wissen doch, wie es auf solchen Eröffnungsfeierlichkeiten zugeht. Die Leute interessieren sich mehr für Essen und Trinken als für Kunst. Wir brauchen nur morgen die Presseleute am Volkskunstsaal vorbeilotsen, dann ist alles gelaufen.«

»Und Ihre *camaleónes*? Die werden in den Zeitungen überhaupt nicht erwähnt werden, wenn ich das tue!«

»So dringend brauche ich die Reklame auch wieder nicht.«

»Und was tun wir hinterher mit dem Monstrum, wenn die Leute wirklich kommen, um sich unsere Sachen anzusehen?«

Jesse grinste. »Vielleicht geht der *árbol* in die Brüche.«

»Was sagen Sie da, Senor Herrera?«

Er breitete die Hände aus.

»Wer weiß, was die Zukunft bringt, *mi amiga.*«

Ich lachte. »Sie haben recht. Sie haben ja so recht, Jesse.«

Wir gingen weiter durch den Flur bis zur Kellertür und stiegen die kalten Steinstufen in die Finsternis hinunter. Jesse tastete nach dem Lichtschalter. Eine trübe gelbliche Birne flammte auf. Der Keller hatte Ähnlichkeit mit einem Labyrinth, Stapel von Kisten und Kartons, die bis in die tiefen Schatten am anderen Ende des Raumes reichten. Manche Kisten waren leer, manche nicht; in der Hektik der Vorbereitungen für die Eröffnung hatte ich keine Zeit gehabt, auch die Gegenstände auszupacken, die wir zunächst nicht verwenden wollten.

»Sobald der Trubel der Eröffnung vorbei ist«, bemerkte ich, »werde ich mir diesen Keller vornehmen.«
Jesse sah sich um. »Als Lagerraum ist der gar nicht übel. Es bleibt immer schön kühl, so daß man sich wegen der Temperatur keine Sorgen zu machen braucht, und Platz ist auch genug da. Er braucht natürlich bessere Beleuchtung.«
Die eine Glühbirne war die einzige Lichtquelle. Hoch oben waren zwar ein paar kleine Fenster, aber sie gingen in knapp unterhalb der Bodenhöhe befindliche Schächte hinaus, durch deren Eisengitter nicht viel Licht hereindrang.
»Leuchtstoffröhren«, sagte ich. »So bald wie möglich. Wenn der Verwaltungsrat Franks Pflanzen genehmigen kann, wird er sich hoffentlich wegen ein paar Leuchtstoffröhren nicht lumpen lassen. Kommen Sie. Ich glaube, ich weiß, wo die *árboles* sind.«
Wir schoben ein paar Kisten herum und fanden schließlich die *árboles*. Die beiden kleinen Bäume waren geschmackvoller als Isabels kitschiger Riesenbaum, doch für meinen Geschmack immer noch zu grell; das war auch der Grund, warum ich sie ursprünglich nicht für die Ausstellung vorgesehen hatte. Der Todesbaum war im Vergleich dazu sehr schlicht, 60 Zentimeter hoch und aus unbemalter Terrakotta. An den rötlichbraunen Ästen trug er einige wenige Blätter und keine Blüten. In seiner Mitte hockte ein von fünf Totenschädeln umgebenes Skelett. Es war nicht gerade ein erbaulicher Anblick, aber mir war er lieber als die aufdringliche Farbenpracht oben im Saal für Volkskunst.
Wir schleppten die drei Bäume nach oben, wo die anderen, einschließlich Frank und Tony, uns erwarteten. Frank tat immer noch so, als wäre ich für ihn nicht vorhanden, und unterhielt sich leise mit Vic, während wir die Bäume aufstellten. Als wir fertig waren, trat er ein paar Schritte zurück, musterte das Ensemble und nickte befriedigt.
»Wunderbar, Isabel«, sagte er. »Ganz wunderbar. Das ist wirklich ein unglaublich großzügiges Geschenk. Ein großar-

tiger Anfang in unserem neuen Haus. Und ich danke auch Ihnen – Tony, Jesse, Vic und Maria – für Ihre tatkräftige Hilfe.«
Damit machte er kehrt und marschierte aus dem Saal.
Isabel sah mich an und zuckte bedauernd die Achseln. Jesse klopfte mir auf die Schulter. Tony grinste, aber so richtig von Herzen kam es nicht. Maria sah ihrem Onkel mit Verachtung nach. Ich warf einen Blick auf Vic, und was ich sah, erstaunte mich. Seine Hände waren zu Fäusten geballt, und auf seinem Gesicht lag ein Ausdruck leidenschaftlichen Zorns. Einen solchen Ausdruck hatte ich nie zuvor bei Vic gesehen, war überrascht, daß er einer solchen Regung überhaupt fähig war. Hastig sah ich wieder zu unserer kitschigen Baumgruppe hinüber.
Es war beinahe fünf. Die anderen verabschiedeten sich und machten sich langsam auf den Heimweg. Der Lastwagenfahrer, jetzt zwanzig Dollar reicher, trank noch ein Bier und fuhr ab. Nur Isabel blieb.
»Ist für das Buffet morgen alles da, Elena?« fragte sie.
Sie wirkte wieder unsicher, und sie tat mir leid. Ihr Geschenk war gut gemeint gewesen, aber es hatte eigentlich bisher nur Verdruß gebracht.
»So ziemlich. Wir haben den Orangensaft und den Champagner. Die Erdbeeren werden morgen früh geliefert. Wir haben Kaffee, Käse und Brot und – ach, verdammt!«
»Was denn?«
»Die Sahne! Ich hatte Angst, sie würde sauer werden, deshalb wollte ich sie erst heute abend besorgen. Und jetzt muß ich noch meine Wäsche machen und diverse Rechnungen bezahlen, ehe sie mich in den Schuldturm stecken . . .«
Isabels Miene hellte sich auf. Sie gehörte zu den Frauen, die es dringend nötig haben, gebraucht zu werden. Seit ihrer Scheidung ein Jahr zuvor trat das immer offenkundiger zutage.
»Das mit der Sahne erledige ich.«

»Wollen Sie wirklich? Sie haben doch schon so viel getan.«
»Aber natürlich.« Sie nickte mit Entschiedenheit. »Und jetzt werde ich mal mit Frank ein Wörtchen reden. Wissen Sie, wo er ist?«
»In seinem Büro oder im Garten davor. Bei seinen Pflanzen, Sie wissen ja.«
Isabels Gesicht verzog sich.
»Natürlich, bei seinen Pflanzen. Also, wir sehen uns dann morgen.«
Als Isabel gegangen war, wandte ich mich wieder dem Lebensbaum zu.
»Es könnte passieren, daß du in die Brüche gehst«, flüsterte ich. »Ja, das könnte leicht passieren.«
Dann machte ich in der angenehmen Stille, die jetzt eingekehrt war, noch rasch einen Besichtigungsgang durch die anderen Säle. Alles war an Ort und Stelle. Und es sah gut aus. Ich rückte hier etwas zurecht, fegte dort einen Hauch Staub weg. Ich wußte, ich würde auch morgen früh gleich noch einmal alles inspizieren und alles in Ordnung finden. Dies war meine erste Chance zu zeigen, was ich konnte. Wenn die Presseleute mein Museum betraten, mußte alles perfekt sein.
Mein Museum! Frank hätte mir ins Gesicht gelacht, wenn er das gehört hätte. Aber nach all dem Schweiß und der Liebe, die ich in die Arbeit gesteckt hatte, betrachtete ich es eben als mein Werk. Und das würde ich mir nicht von diesem faulen Fettwanst verderben lassen.
Leider mußte ich vor dem Gehen noch bei Frank vorbeischauen, um ihn zu fragen, ob ich die Alarmanlage einschalten sollte. Wir hatten keine Sicherheitsleute; unsere Sammlungen wurden einzig durch die Gitter vor den Fenstern und ein einfaches Alarmsystem an den Türen geschützt. Immer noch besser als vorher, da hatten wir nicht einmal eine Alarmanlage gehabt. Ich war stolz auf die neue Anlage und

hatte energisch darum gekämpft, eine bewilligt zu bekommen, als wir in unser neues Haus eingezogen waren. Jetzt konnte ich in dem Bewußtsein, daß unsere Sammlungen sicher waren, nachts besser schlafen.

Ich klopfte bei Frank, aber es rührte sich nichts. Das Büro war leer. Ich sah ihn im Garten, über eine seiner Pflanzen gebeugt. Er war allein. Isabels Gespräch mit ihm mußte kurz gewesen sein.

Er richtete sich auf und wischte den Schmutz von seinen Händen an seine dunkelblaue Hose. Einen Moment blieb er stehen und betrachtete die Pflanzen, dann nickte er. Als er hereinkam, bemerkte er mich nicht.

Ich räusperte mich.

Frank fuhr herum. »Was wollen Sie?« fragte er scharf.

»Ich wollte wissen, wann Sie nach Hause gehen.«

»Was geht Sie das an?«

Ich seufzte. »Es geht mir nur darum, ob ich die Alarmanlage einschalten soll, oder ob Sie das nachher tun.«

»Sperren Sie ab.« Er wandte sich ab.

»Dann gehen Sie gleich?«

»Nein. Ich bleibe noch. Ich muß am Wirtschaftsplan arbeiten. Und ich möchte nicht, daß hier unversehens jemand reinmarschiert.«

Er hätte selbst absperren können. Er hätte nur den innen befindlichen Kippschalter der Alarmanlage herunterzudrükken brauchen, der an der Wand neben der Tür zum Hof war. Aber nein, ich mußte meine Schlüssel herausholen und die Anlage mit dem Schalter neben dem Hauptportal einstellen. Und dann würde er, wenn er selbst ging, wahrscheinlich vergessen, sie wiedereinzuschalten. Das war schon vorgekommen.

»Also?« sagte er.

Ich warf einen Blick auf den Haken zwischen dem Fenster und der Gartentür. Franks Schlüsselbund mit den Schlüsseln für die Alarmanlage und das Vorhängeschloß am Hoftor hing dort. Er war so zerstreut, daß er seinen Schlüsselbund jeden Morgen dort aufhängen mußte, weil er ihn sonst bei seinen Wanderungen durch das Museum verloren hätte.

»Keine Sorge.« Frank hatte meinen Blick bemerkt. »Ich werde nicht vergessen, die Anlage wiedereinzuschalten.«

»Gut.«

»Und noch etwas, Miss Oliverez –«

»Ja?«

»Nach der Eröffnung machen Sie sich am besten auf die Suche nach einer anderen Stellung.«

Er hatte schon früher gedroht, mich an die Luft zu setzen, darum beunruhigten mich seine Worte wenig.

»Klar, Frank.« Ich wandte mich zum Gehen.

»Es ist mir ernst. Ich habe bereits mit meinem Kolumbier besprochen, daß er dann Ihren Posten übernimmt.«

Langsam drehte ich mich wieder um.

»Tony? Das kann nur ein Witz sein.«

Er wurde wütend. »Tony ist durchaus qualifiziert. Er arbeitet jetzt seit sechs Monaten hier.«

»Und hat von mexikanischer Kunst keine Ahnung. Was hat er denn bisher schon getan? Keinen Strich, und das ist allgemein bekannt. Sie selbst nennen ihn ›Ihren minderbemittelten Kolumbier‹. Außerdem würde der Verwaltungsrat seine Anstellung niemals bewilligen.«

»Der Verwaltungsrat hat seine Anstellung schon einmal bewilligt.«

»Ja, auf Ihre Empfehlung hin. Die Leute kannten Tony nicht. Aber jetzt kennen sie ihn und werden nie im Leben –«

»Das ist alles, Miss Oliverez.«

»Soll ich Ihnen mal was sagen, Frank?«

»Ich sagte, das ist alles.«

»Ich bedaure kein Wort von dem, was ich heute auf der Laderampe zu Ihnen sagte. Nicht ein einziges Wort.«

Und ehe die Auseinandersetzung zu einem unserer üblichen Kräche ausarten konnte, lief ich hinaus. Als ich die Alarmanlage einschaltete, war ich so wütend, daß mir die Hände zitterten und ich kaum den Schlüssel drehen konnte. Danach rannte ich zu meinem Wagen. Nur nach Hause jetzt.

Der Verkehr war um diese Zeit natürlich zum Wahnsinnigwerden. Ich hockte in meinem Rabbit und schimpfte und tobte. Das sollte Frank erst mal versuchen, Tony meinen Posten zu geben! Das würde dem Verwaltungsrat höchstens den letzten Beweis dafür liefern, daß er ins Irrenhaus gehörte. Man müßte ihm, dachte ich, das Handwerk legen, ehe er dem Museum nicht wiedergutzumachenden Schaden zufügte. Man müßte ihn ...

Hinter mir hupte jemand. Ich antwortete mit einer zornigen Geste, wollte zu hastig anfahren und schon starb mir der Motor. Bis ich ihn wieder in Gang brachte, hatte die Ampel umgeschaltet.

Vielleicht sollte ich mir wirklich eine andere Stellung suchen. Die Reibereien im Museum kosteten mich eine Menge Kraft. Ich war schließlich dazu da, mich um die Sammlungen zu kümmern, und nicht, ständige Kämpfe mit irgendwelchen streitsüchtigen, engstirnigen –

Diesmal reagierte ich prompt, als Grün kam. Ich schoß über die Kreuzung und fuhr in Richtung Stadtmitte.

Santa Barbara liegt direkt am Pazifischen Ozean. Die Stadt mit etwa 75000 Einwohnern erstreckt sich im Norden bis zur Universität von Kalifornien, wo ich studiert hatte, und im Süden bis Montecito, wo die Reichen wohnen. Am Meer sind Strände und großzügige Grünanlagen, im Osten bilden sanft gewellte, runde Hügel eine natürliche Schutzmauer. Die natürliche Schönheit des Ortes gewinnt noch an Gefälligkeit durch die anmutige spanische Architektur, die die Entwicklungsgeschichte in der Stadt widerspiegelt. In den letzten Jahren ist Santa Barbara zu einem der beliebtesten

Urlaubsgebiete Kaliforniens geworden und zu einer Zuflucht der Reichen und Berühmten, von denen viele dem billigen Glanz des südlich gelegenen Hollywood zu entfliehen suchen.

Mein Bungalow war nicht in einem der exklusiven Viertel dieser Leute, sondern etwa in der Mitte zwischen den Hügeln und der Küste, einer Siedlung, die noch etwas von einem *barrio* hat. Die Nachbarskinder spielten auf der Straße Ball, wie ich das früher getan hatte. Ich stellte meinen Wagen in der Einfahrt ab, winkte ihnen zu und ging zur Vorderveranda hinauf.

Das Haus war ein typischer kalifornischer Bungalow, aus Stein gebaut, sauber verputzt, grün gestrichen. Der Anstrich allerdings war nicht mehr besonders schön, auch wenn die große Palme vor dem Haus und die Fuchsie, die die Veranda umrankte, das zum großen Teil verbargen. Eines Tages würde ich das Geld für einen neuen Anstrich hinblättern müssen, das war mir klar. Ich nahm die Post aus dem Kasten – schon wieder drei Rechnungen – und ging hinein.

Die Hitze des Tages hatte sich in den geschlossenen Räumen gestaut. Ich machte erst einmal die Fenster auf, schlüpfte aus den Schuhen und legte die Rechnungen auf meinen kleinen Schreibtisch. Irgend etwas hatte ich doch erledigen wollen. Ach ja, die Wiederzulassung meines Wagens. Ich schrieb einen Scheck an die Zulassungsstelle aus, steckte ihn in einen Umschlag und klebte den zu. Alles andere konnte warten bis nach der Eröffnung.

Ich holte mir in der altmodischen Küche ein Glas Weißwein und setzte mich damit ans offene Fenster. Der kühle Luftzug tat gut. Die Spätnachmittagssonne warf lange Schatten auf die glänzenden Holzdielen des Fußbodens, und der feine weiße Vorhang bauschte sich leicht. Zum erstenmal an diesem Tag spürte ich etwas wie Ruhe und Gelassenheit.

Dieses Haus war meine Zuflucht, der Ort, wo ich mich am wohlsten fühlte. Ganz natürlich eigentlich, ich war ja in diesem Haus geboren und aufgewachsen, hatte fast mein ganzes Leben hier zugebracht. Bis zu dem Tag, an dem ich sechs Jahre zuvor mein Studium abgeschlossen hatte, lebte auch meine Mutter hier. Doch dann hatte sie plötzlich verkündet, sie wolle das Haus verkaufen.

Warum? hatte ich gefragt. Weil ihre beiden Töchter jetzt auf eigenen Füßen stehen könnten und sie in den Ruhestand gehen wolle.

Das war verständlich. Seit dem Tod meines Vaters, als ich drei Jahre alt gewesen war, hatte meine Mutter ununterbrochen gearbeitet; als Hausangestellte bei den reichen Familien der Stadt. Sie hatte es geschafft, das Haus abzubezahlen, hatte sogar noch Geld gespart und mich und meine ältere Schwester Carlota unterstützt, solange wir studierten. Bei uns war die Tradition des Machismo, die in den meisten mexikanisch-amerikanischen Familien so bestimmend ist, mit meinem Vater gestorben. Die Frauen der Familie Oliverez mußten stark und selbständig sein, meinte unsere Mutter. Wir würden unseren Weg machen und uns von niemandem – ob Mann oder Frau – unterdrücken lassen. Und sie war die stärkste von uns.

Meine Mutter hatte ihr Leben lang hart gearbeitet. Kein Wunder, daß sie die Hände endlich in den Schoß legen wollte. Sie hatte es verdient. Aber warum gleich das Haus verkaufen?

Darauf hatte meine Mutter mir erklärt, daß es oben in Goleta, nicht weit vom Strand, einen Wohnwagenpark mit Schwimmbad, Freizeitzentrum und künstlerischen Werkstätten gäbe. Dort organisiere man regelmäßig Ausflüge ins Theater oder zum Konzert, und jeden Samstag abend gäbe es ein Grillfest. So ein Wohnwagen ließe sich auch viel leichter sauberhalten als dieses Haus hier. Und außerdem – dies sagte sie mit einem verschmitzten Lächeln – seien die meisten Leute dort in ihrem Alter. Es seien sicher auch Witwer darunter.

Mama! hatte ich entsetzt gerufen.
Was ich denn eigentlich von ihr erwartete, wollte sie wissen. Sie habe lange genug ohne Mann gelebt. Aber sie könne natürlich nicht damit rechnen, daß ich ihre Bedürfnisse verstehen würde. Ich hätte ja, seit ich alt genug zum Flirten wäre, immer jemanden am Bändel.
Das brachte meine Proteste zum Schweigen und machte mich nachdenklich. All die Jahre war unsere Mutter allein gewesen, während Carlota und ich ständig irgend etwas vorgehabt hatten, von Party zu Party geflitzt, in die Sommerferien gefahren waren, ohne auch nur ein Wort des Dankes für sie, ohne einen Gedanken für ihre Einsamkeit. Natürlich sollte sie ihren Wohnwagen haben. Aber ich bat sie, das Haus nicht gleich zum Verkauf auszuschreiben.
Dann rief ich Carlota in Minneapolis an, wo sie als Dozentin für Soziologie an der Universität arbeitete. Nach einigem Überlegen vereinbarten wir, daß sie den Wohnwagen kaufen und ich die Miete für den Standplatz bezahlen würde. Als Gegenleistung sollte unsere Mutter uns das Haus überschreiben. Ich würde es instand halten und dort leben, und wenn ich einmal den Wunsch haben sollte, Carlota auszubezahlen, würde diese damit einverstanden sein.
Innerhalb eines Monats war Mutter umgezogen, und zwei Wochen später hatte sie einen Freund.
Erfreulicherweise gab es in dem Wohnwagenpark auch eine Wäscherei. Und da ich mir eine Waschmaschine und einen Trockner nicht leisten konnte, stattete ich der Wäscherei regelmäßige Besuche ab.
Jetzt trank ich den letzten Schluck Wein, holte meine schmutzigen Sachen aus dem Schlafzimmer und rief meine Mutter an, ehe ich losfuhr.
»Wäscheabend«, sagte ich. »Soll ich dir irgend etwas mitbringen?«
»Milch könnte ich gebrauchen.«
»Sonst noch was?«

»Zum Essen gibt's *chile verde.* Nick kommt, aber es reicht leicht für dich mit. Nur Salat hab ich, glaub ich, nicht genug. Bring doch ein paar Avocados mit. Dann mach ich uns einen schönen Salat mit Avocados und Tomaten und Schalotten. Ja, bring Tomaten –«

»Moment. Ich hol mir nur schnell einen Stift.«

Ich schrieb mir ihre Wünsche auf, dann setzte ich mich in den Wagen und fuhr zum Einkaufszentrum.

3

Als ich mit meinem Einkaufswagen aus dem Supermarkt kam, sah ich nicht weit entfernt Isabels hellen Mercedes anhalten. Es war mir peinlich. Ich hatte über meine viele Arbeit gestöhnt und nun war ich hier beim Einkaufen. Ich hätte die Sahne auch selbst besorgen können.

Isabel sah mich und kam herüber. Ihr graues Haar wirkte etwas unordentlich, und auf ihrem gewöhnlich blütenweißen Tennisdreß war ein bräunlicher Schmutzfleck. Sie tat mir schon wieder leid. Da hatte sie nun so viel für unser Museum getan, und wir hatten ihr Geschenk kaum gewürdigt.

»Isabel«, sagte ich rasch, »bitte entschuldigen Sie. Ich hatte keine Ahnung, daß ich heute abend noch im Supermarkt landen würde. Aber meine Mutter braucht ein paar Dinge. Wenn ich das vorher gewußt hätte, hätte ich Ihnen die Sahne nicht noch aufgehalst.«

Sie schnippte die Entschuldigung mit einer flüchtigen Geste weg.

»Das macht doch nichts. Wie geht es Ihrer Mutter?«

»Gut, danke.«

»Das freut mich. Eigentlich bin ich ganz froh, daß ich Sie getroffen habe. Meinen Sie nicht, wir sollten für die Erdbeeren auch Zucker hinstellen?«

»Gute Idee.«
»Weißen und braunen Zucker.«
»Ja, gut. Aber haben wir auch Zuckerschalen?«
»Ich habe genug davon zu Hause. Ich bringe welche mit.«
»Sie tun so viel für uns.«
Wieder diese wegwerfende Handbewegung.
»*De nada.* Mir macht die Arbeit für das Museum großen Spaß. Im Gegensatz zu der Arbeit für ein paar andere Stiftungen, die ich hier nicht nennen möchte. Ich war heute nachmittag bei einer Versammlung dieser Denkmalschützer – Sie wissen schon, die Leute, die das alte Sanchez-Haus kaufen wollen. Die haben keine Ahnung, was Organisation heißt . . .«
Sie ließ sich in einer weitschweifigen Tirade über die Schwierigkeiten aus, die sie bei der Zusammenarbeit mit dieser Gruppe hatte, kam dann ohne Verschnaufpause auf die weltfremde Einstellung einer kirchlichen Gruppe zu sprechen, die illegalen Einwanderern half, redete und redete, während ich nervös von einem Fuß auf den anderen trat. Isabel schien meine Ungeduld überhaupt nicht wahrzunehmen, und ich brachte es nicht übers Herz, sie zu unterbrechen. Sie hatte offensichtlich einen harten Tag hinter sich, und so ganz schuldlos war auch ich daran nicht. Als sie endlich zum Ende kam, packte ich meine Einkäufe in den Wagen und fuhr nach Goleta.
Ich parkte auf dem Platz für Gäste nicht weit von der großen Rasenfläche vor dem Freizeitzentrum des Wohnwagenparks. Hinter dem Gebäude war ein Schwimmbad von einer hübschen Grünfläche umsäumt, und die Wohnwagen gruppierten sich in hufeisenförmigen Anordnungen um diesen zentralen Platz. Jeder hatte einen eigenen kleinen Garten mit schattenspendendem Baum.
Der Duft nach *chile verde* wehte mir entgegen, als ich den Wohnwagen meiner Mutter betrat. Sie saß mit ihrem letzten Freund, Nick Carrillo, bei einem Glas Weißwein im Wohn-

zimmer. Ich holte mir ebenfalls ein Glas und setzte mich zu ihnen.
»Und was gibt's Neues bei Ihnen, Elena?« erkundigte sich Nick. »Haben Sie immer noch keine Lust, mal ein bißchen zu joggen?«
Er war ein großer, weißhaariger Mann von achtundsiebzig Jahren, der jeden Tag mehrere Meilen joggte. Immer wieder versuchte er, mich für diese Art der körperlichen Ertüchtigung zu interessieren, aber es gelang ihm nicht.
»Ich hab Ihnen doch gesagt, ich bin ein Mensch, der seine Bequemlichkeit liebt.«
»Aber bei der Universität waren Sie doch im Schwimmteam.«
»Das ist was anderes. Im Schwimmen bin ich gut.«
»Dann wären Sie auch im Laufen gut.«
Aber ich hatte keine Lust zu laufen. Außerdem hätten Nick und ich dann keinen Unterhaltungsstoff mehr gehabt.
»Tut mir leid, Nick.«
»Ein bißchen Bewegung würde dir wirklich guttun«, warf meine Mutter ein.
»Na, du mußt reden. Dir ist jede Art von Sport verhaßt, und sieh dich an – dabei bist du ebenso schlank wie ich.«
Meine Mutter sah mit ihren siebenundsechzig Jahren noch sehr jung aus, das Gesicht beinahe faltenlos, die Figur schlank und beweglich.
»Ich spreche von deiner Gesundheit, nicht von deiner Figur«, erklärte meine Mutter. »Du siehst heute müde aus.«
»Komm, Gabriela, laß deine Tochter in Ruhe«, meinte Nick.
»Ich bin auch müde«, sagte ich und trank einen Schluck Wein. »Im Museum –«
»Du brauchst erst mal was zu essen.« Meine Mutter stand auf. »Geh, fülle deine Wäsche in die Maschine. Nick und ich machen inzwischen den Salat.«
Ich ging zur Wäscherei im Freizeitzentrum und stopfte mei-

ne Sachen in die Maschine. Als ich zum Wohnwagen zurückkam, war der Tisch gedeckt, und meine Mutter verteilte das *chile verde* und den Reis.
»Setz dich und iß«, befahl sie mir.
Beim Essen fragte Nick: »Macht Ihnen dieser Frank immer noch das Leben schwer?«
»Das hört nie auf. Jetzt hat er mir gerade wieder mal gedroht, mich rauszuwerfen und meinen Posten dem Kolumbier zu geben.«
»Der ist doch ein ziemlicher Trottel, nicht?«
»Stimmt. Es ist Frank auch nicht ernst – glaube ich jedenfalls.«
Meine Mutter sah mich stirnrunzelnd an.
»Was hast du denn getan, daß Frank dir gleich so kommen mußte?«
»Wieso ist es immer *meine* Schuld? Wieso muß ich unbedingt etwas getan haben?«
»Ich kenn dich doch.«
»Mama, das ist ungerecht.«
»Meine Damen, meine Damen«, sagte Nick.
»Na schön, vielleicht hast du recht. Vielleicht hab ich Frank wirklich geärgert. Aber mit gutem Grund.«
»Was war denn nun?«
»Ich – äh – ich hab ihm gesagt, man müßte ihn umbringen. Und ich hab ihn fürchterlich beschimpft. Vor allen anderen.«
Meine Mutter sah Nick triumphierend an. »Siehst du?«
»Na ja«, meinte Nick in versöhnlichem Ton, »er muß das aber auch irgendwie ausgelöst haben.«
»Das kann man wohl sagen.« Ich berichtete in aller Ausführlichkeit von dem monströsen Lebensbaum.
Meine Mutter seufzte. »Ach Gott, Isabel«, sagte sie. »Sie meint es immer so gut.« Mutter wußte es aus Erfahrung. Sie hatte einmal für Isabel gearbeitet. »Die arme Seele.«
»Was heißt hier arme Seele?« rief ich. »Sie hat Millionen.«

»Und sonst nichts.«
»Da hast du recht. Aber hättest du deinen Ehemann vielleicht nicht rausgeschmissen, wenn du ihm draufgekommen wärst, daß er dich mit einem fünfundzwanzigjährigen Fotomodell betrügt?«
»Sicher. Aber Doug Cunningham war schon vorher keine tolle Partie. Isabel hätte sich viel besser verheiraten können. Sie ist schließlich eine geborene Vallejo.«
Während der drei Dekaden mexikanischer Herrschaft im vergangenen Jahrhundert hatte sich in Alta California ein neuer Landadel herangebildet. Die Dons, Begründer solcher adeliger Geschlechter wie des der Vallejos, waren alle spanischer Herkunft, meist Soldaten, die für treue Dienste von der Regierung mit riesigen Weidegebieten belohnt worden waren. Auf diesen Ländereien züchteten sie Pferde, Rinder und Schafe und bauten sich großartige Landgüter auf. Der elegante Lebensstil der Ranchos ist in vielen Liedern und Geschichten beschrieben und besungen worden. Ja, Isabel kam in der Tat aus einer privilegierten Familie.
»Nein«, erklärte meine Mutter, »so einen wie Douglas Cunningham hätte Isabel nicht zu heiraten brauchen.«
Ich schenkte mir noch etwas Wein ein.
»Was? Meinst du, sie hätte keinen Anglo heiraten sollen?«
Meine Mutter hielt nichts von Mischehen, und immer, wenn ich mit einem Anglo ausging, hüllte sie sich in ominöses Schweigen.
»Das hab ich nicht gesagt.«
»Aber gemeint.«
»Meine Damen«, sagte Nick wieder.
»Vielleicht bist du der Meinung, sie hätte einen Mann wie Frank de Palma heiraten sollen.«
Ich lachte bei der Vorstellung, wie die stets tadellos frisierte und so geschmackvoll gekleidete Isabel versuchte, den schlampigen Frank zu erziehen.

Das Gesicht meiner Mutter blieb jedoch ernst.
»Ganz sicher nicht. So eine Ehe hätte sie kaputtgemacht.«
»Wie meinst du das?«
»Du brauchst dir Frank doch nur anzusehen. Er ist die lebende Verkörperung des Machismo. Er verlangt absoluten Gehorsam von den Frauen seiner Familie. Er hätte den Lebensgeist einer Frau wie Isabel vernichtet.«
»Aber Isabel wurde ebenfalls in dieser Tradition erzogen. Du solltest mal erleben, wie sie sich Frank im Museum unterwirft.«
»Ja, im Museum vielleicht. Ich spreche von der häuslichen Sphäre, von der Familie. Ein Mann wie Frank hätte Isabel zum Wahnsinn getrieben. Bei einem Anglo konnte sie wenigstens ihrem Zorn freien Lauf lassen und sich von dem Mann trennen.«
»Warum gibst du mir dann eigentlich immer durch die Blume zu verstehen, ich sollte einen Mann unserer Herkunft heiraten? Glaubst du vielleicht, so einer wie Frank würde mich nicht verrückt machen?«
»Es sind doch nicht alle unsere Männer so. Frank ist wirklich ein Extrem. Wenn ich mir überlege, was er mit seiner Frau gemacht hat . . .« In ihre Augen trat ein Ausdruck, als sähe sie in weite Ferne. »Rosa Rivera – so hieß sie damals – war ein hinreißend hübsches Mädchen. Mir ist heute noch schleierhaft, warum sie Frank geheiratet hat. Er war schon damals immer die dreckigste Rotznase im Barrio. Und daran hat sich kaum etwas geändert.«
»Tja, die Geschmäcker sind verschieden. Oder – wo die Liebe hinfällt.«
Sie warf mir einen strengen Blick zu.
»Ja, darüber kann ich als deine Mutter einiges sagen.«
»Hör mal, mein Geschmack ist nicht so übel.«
»Ach was? Und wie war das mit diesem Steve? Der, mit dem Motorrad?«
»Ja, gut, das war ein Irrtum.«

»Und Jim? Dieser behaarte Esau.«
»Der war doch gar nicht schlecht.«
»Nein.«
»Nein!«
»Ja, ja«, brummte sie, »ich weiß schon, was dir an ihm gefallen hat.«
»Meine Damen!«
»Wenn du meinst, er war gut im –«
»Meine Damen!«
Wir sahen beide zu Nick.
»Genug.«
Schweigend wandten wir unsere Aufmerksamkeit wieder dem Essen zu.
Ein paar Minuten später stand Nick auf und räumte ab, um für den Nachtisch Platz zu machen. Frisches Obst. Meine Mutter aß leidenschaftlich gern Süßigkeiten, aber sie getraute sich nicht, sie auf den Tisch zu bringen, wenn Nick, der Gesundheitsapostel, bei ihr war.
Nick schob sich ein paar Weintrauben in den Mund, dann stand er auf.
»Ich würde gern noch bleiben«, sagte er, »aber wir haben im Freizeitzentrum eine Besprechung für den Marathonlauf.«
»Marathon?« Ich sah von dem Apfel auf, den ich gerade schnitt.
»Ja.« Seine Augen blitzten. »Wir alten Knacker organisieren einen Marathonlauf – um den jungen Leuten mal zu zeigen, wie man so was richtig macht.«
Ich verdrehte die Augen. »Das wird ja immer wilder.«
»Wir sind eben unternehmungslustig. Danke für das Essen, Gabriela. Vielleicht komm ich später wieder her.«
»Ja, tu das, Nick.«
Nachdem er gegangen war, saßen meine Mutter und ich eine Weile schweigend da. Schließlich sagte sie: »Mußt du wirklich um deine Stellung Angst haben, Elena?«

Ich zuckte die Achseln. »Keine Ahnung. Manchmal hab ich sowieso das Gefühl, ich würde am liebsten den ganzen Kram hinschmeißen. Dieser tägliche Kleinkrieg geht mir unter die Haut.«
»Aber was würdest du dann tun?«
»Ich weiß es nicht. Ich müßte sicher von hier weg, denn auf meinem Gebiet gibt's in Santa Barbara nicht viele Möglichkeiten. Aber ich will nicht weg von hier.«
»Hast du denn gar keinen Unternehmungsgeist?«
»Nein, wohl nicht. Mir gefällt es hier. Ich fühle mich wohl in unserem alten Haus.«
Sie sah mich mit einem liebevollen Lächeln an.
»Ihr beiden seid so richtige Nesthocker. Ich glaube, Carlota wäre auch nicht von hier weggegangen, wenn sich auch nur die kleinste Chance für eine Anstellung geboten hätte.«
»Nein, wahrscheinlich nicht. Hast du von ihr gehört?«
»Sie hat Sonntag angerufen.«
»Was Neues?«
»Nein.«
Ich ging hinüber ins Freizeitzentrum, um meine Wäsche aus der Maschine zu nehmen und in den Trockner zu befördern. Im Aufenthaltsraum sah ich Nick mit seinen »alten Knakkern« sitzen. Es schien einige Meinungsverschiedenheiten über den Ablauf des Laufes zu geben, denn sie redeten alle hitzig und laut zu gleicher Zeit. Nick winkte mir gutgelaunt zu. Ihm machte das Geschrei offensichtlich nichts aus.
Als ich in den Wohnwagen zurückkam, war meine Mutter gerade dabei, zwei Liegestühle auf dem kleinen Rasenfleck aufzustellen.
»Komm, setz dich ein Weilchen zu mir«, sagte sie.
Ich setzte mich. Wieder saßen wir eine Zeitlang schweigend nebeneinander. Dann sagte sie: »Aber sonst ist im Museum alles in Ordnung, Elena?«
Sie schien wirklich beunruhigt zu sein.
»Nein, es ist sicher nicht alles in Ordnung, aber ich verstehe

nicht ganz, warum du so besorgt bist. Du weißt doch, daß es bei uns im Museum immer irgendwelche Krisen gibt.«
»Ja, aber ich habe so ein Gefühl.«
»Ach, du und deine Gefühle!«
Meine Mutter behauptete häufig, Vorahnungen zu haben. Wenn ich sie auslachte, pflegte sie nur mit einem bedeutungsvollen Blick zu antworten, der ungefähr sagte, hier lauert Schrecklicheres als du dir vorstellen kannst. Leider hatte sie mit ihren dunklen Vorahnungen meistens recht.
»Was glaubst du denn, könnte passieren?« fragte ich.
»Ich weiß nicht. Es ist nur so ein Gefühl.«
Es klang ängstlich, und ich versuchte, sie zu beruhigen.
»Okay, was ist das Schlimmste, das passieren kann? Daß ich meine Stellung verliere. Das ist doch kein Beinbruch. Es gibt andere Stellungen.«
Sie sagte nichts.
»Oder gut, sagen wir, die Eröffnung war ein Reinfall. Oder die ehrenamtlichen Helfer vergessen die Erdbeeren für den Presseempfang. Oder Maria brennt mit Vic durch.« Ich beschloß, sie mit ein paar Scherzen aus ihrer düsteren Stimmung zu ziehen. »Oder vielleicht brennt Tony mit Isabel durch. Oder irgendein reicher Spinner vermacht uns eine ganze Sammlung *árboles de la vida,* die noch scheußlicher sind als der, den wir schon haben. Oder Frank wird noch dicker. Oder ich brenne mit dem fettleibigen Robert durch.«
Doch das war alles nicht sehr komisch, und meine Mutter wollte sich auch gar nicht aufheitern lassen.
»Ich hab einfach so ein Gefühl.«
»Mama, du deprimierst mich.«
»Das will ich nicht.«
Ich tätschelte ihre abgearbeitete Hand.
»Ich weiß.«
Wir saßen schweigend in der abendlichen Wärme, hörten den Grillen zu, fingen hin und wieder ein paar Gesprächs-

fetzen von Vorüberkommenden auf. Gegen zehn Uhr kam Nick zurück, und ich nahm das zum Anlaß zu gehen. Nachdem ich meine Sachen aus dem Trockner geholt hatte, winkte ich den übrigen »alten Knackern«, die noch im Aufenthaltsraum saßen, zu und ging zu meinem Wagen.

Ich war hellwach. Obwohl ich eine Woche lang praktisch keine Nacht richtig geschlafen hatte, war ich überhaupt nicht müde. Ich saß im Dunkeln und trommelte mit den Fingern auf das Steuerrad, dann ließ ich den Motor an und fuhr in Richtung Museum.

Alles außer den Scheinwerfern auf dem Rasen war dunkel. Einen Moment spielte ich mit dem Gedanken, hineinzugehen und mich noch einmal zu vergewissern, daß alles so war, wie es sein sollte, aber dann entschied ich mich dagegen. Die Arbeit fing an, mir zur fixen Idee zu werden, und das gefiel mir gar nicht. Schließlich fuhr ich zu der Anlage mit den Palmen in der Cabrillo Street direkt am Wasser und setzte mich auf eine Bank und zählte die Liebespaare um mich herum.

Ich hatte im Augenblick keinen Freund. Jim – der, der gut im Bett war – schied sechs Monate zuvor aus meinem Leben, und seitdem hatte das Museum mich fast aufgefressen. Das war eindeutig nicht in Ordnung. Ich mußte endlich einmal wieder ausgehen, Menschen treffen, mich amüsieren.

Aber warum eigentlich? Im Grund interessierte mich das alte Spiel nicht mehr. Viel lieber saß ich zu Hause und las. Vielleicht würde ich mein Leben lang allein bleiben. Vielleicht würde ich nie einen Mann finden, an dessen Seite ich mich wirklich wohl fühlen konnte. Meine Mutter sagte zwar nie etwas, aber ich wußte, daß sie gern Enkel gehabt hätte. Aber wenn sie nun Carlota und mich allzu selbständig erzogen hatte?

Kinder. Wollte ich überhaupt Kinder haben? Ich konnte es in diesem Moment nicht sagen. Ich kannte ja noch nicht einmal den Mann, der eventuell ihr Vater hätte sein können.

Wollte ich einen Ehemann? Wünschte ich mir wirklich jemanden auf Dauer? Auch das wußte ich nicht.
Ungeduldig schüttelte ich den Kopf. Ich war in letzter Zeit viel zu grüblerisch geworden. Kein Wunder, daß ich nachts nicht schlafen konnte.
Plötzlich fühlte ich mich sehr allein. Meine Mutter hatte eine Vorahnung. Damit hatte sie im allgemeinen recht. Aber was bedeutete das?
Ich saß lange so, bis der Mond hinter einer hohen ausladenden Palme verschwand und die Liebespaare nach Hause gingen.

4

Am nächsten Morgen war ich wie ausgewechselt, voller Optimismus und Energie. Der Presseempfang würde ein Erfolg werden, die Eröffnung ein Triumph. Die Probleme im Museum waren nicht unlösbar. Wenn der ganze Trubel vorbei war, würde ich mich ernsthaft mit ihnen befassen. Und wenn sich herausstellen sollte, daß ich sie doch nicht in den Griff bekommen konnte – nun, es gab ja auch noch andere Möglichkeiten zu arbeiten.
Ich stellte den Wagen vor dem repräsentativen alten Haus ab und ging über den Rasen. Die Alarmanlage war, wie ich beifällig feststellte, eingeschaltet. Das Schloß war nach oben gedreht; das hieß, daß Frank durch eine andere Tür hinausgegangen war. Trotzdem – er hatte meine Mahnung, die Alarmanlage wiedereinzuschalten, beherzigt. Das war ein gutes Omen.
Ich ging in den Mittelhof und drehte den Springbrunnen auf. Einen Moment lang gurgelte und spuckte es, dann begann das Wasser fröhlich zu plätschern. Noch ein gutes Omen.

Die Klapptische für das Buffet standen im Korridor vor Franks Büro. Ich ging hinüber, verstaute meine Handtasche und machte mich daran, die Tische in den Hof hinauszuschleppen. Als ich an Franks Tür vorbeikam, schaute ich kurz ins Büro hinein und sah seinen Schlüsselbund am Haken hängen. Er war also schon da. Mit ein bißchen Glück, würde er wenigstens halbwegs präsentabel aussehen und in guter Verfassung die Reporter empfangen. Ich beschloß, ihm noch ein Weilchen aus dem Weg zu gehen und die Tische lieber allein hinauszutragen.

Als Isabel und die anderen ehrenamtlichen Mitarbeiter kamen, hatte ich weiße Tischdecken aufgelegt, Servietten und Gläser hinausgebracht. Die Ehrenamtlichen rückten mit mehreren großen Glasschüsseln voll Erdbeeren an, die wir auf die verschiedenen Tische verteilten, und dann half ich Isabel dabei, den Zucker in die silbernen Schalen zu füllen, die sie mitgebracht hatte. Etwas später kam Vic und begann, die Bowle aus Champagner und Orangensaft zu mixen. Frank fiel es natürlich gar nicht ein, uns zu helfen. Er ließ sich überhaupt nicht sehen.

Auch Tony fehlte. Um halb zehn war er immer noch nicht da. Aber das beunruhigte mich nicht weiter. Er kam häufig zu spät, und wenn er überhaupt nicht kam, konnte er wenigstens vor den Reportern kein dummes Zeug reden. Was mich schon eher beunruhigte, war Marias Abwesenheit. Wir hätten zusätzliche Hilfe brauchen können. Und – jetzt erst fiel es mir auf – Jesse war auch nicht da. Er hatte versprochen, als Vertreter der einheimischen Künstlerkolonie hier herzukommen. Vielleicht hatten die beiden uns über einem geheimen Stelldichein völlig vergessen. Wirklich, man konnte sich auf keinen Menschen verlassen.

Es war drei Viertel zehn, als das Buffet fertig war. Ich ging zu Vic.

»Würden Sie bitte Maria anrufen und ihr sagen, daß sie sich beeilen muß. Und versuchen Sie's auch bei Jesse.«

Mit einem Nicken ging er zum Bürotrakt. Wenig später kam er wieder und sagte: »Sie sind anscheinend schon unterwegs. Bei Jesse meldet sich niemand, und bei Frank ist besetzt.«
»Wahrscheinlich hängt eines von seinen Dickerchen an der Strippe«, meinte ich. »Ich mach jetzt noch einen Gang durch die Säle und dann hole ich Frank.«
Alles sah wunderbar aus. Ich fegte die gleichen Staubkörnchen weg wie am Vortag. Alles blitzte und blinkte. Unsere Sammlungen hatten nie besser ausgesehen. Vielleicht würde an diesem Morgen sogar dieser verdammte *árbol de la vida* ganz annehmbar aussehen. Wenn nicht, würde der Saal für Volkskunst der Presse verschlossen bleiben.
Ich ging um die Ecke zum Eingang in den Saal und wappnete mich gegen die spektakuläre Häßlichkeit des Baums. Dann blieb ich stehen. Der Baum war weg.
Auf dem Sockel, wo er gestanden hatte, war nichts. Der Baum war weg – lag in tausend bunten Scherben auf dem Boden. Zertrümmert. Und unter den Scherben –
Ich drückte die Hand auf den Mund, um den Schrei zurückzuhalten.
Unter dem Scherbenhaufen lag Frank. Er lag auf dem Bauch, Arme und Beine gespreizt. Ein massiges Teilstück des Baums lag auf seinem Kopf, und daneben waren dunkle Flecken auf dem Boden. Schon trocken. Er atmete nicht.
Ich mußte mich an die Wand stützen. O Gott! Wie hatte das geschehen können?
Vorsichtig ging ich einen Schritt näher. Unter meinem Fuß knirschte etwas, und ich sah, daß es eine der kitschigen rosaroten Blüten war. Ich blickte wieder zu Frank hinunter, der da inmitten des Scherbenhaufens lag, und dachte an meine Worte vom Vortag: Man sollte Sie umbringen. Angesichts des Toten erschienen mir meine Worte jetzt beinahe unverzeihlich. So durfte man nicht sprechen. Niemand, selbst Frank nicht, hatte einen solchen Tod verdient.

Während ich noch da stand und auf seinen leblosen Körper starrte, sah ich plötzlich, welcher Teil des Baums ihm den Schädel zerschmettert hatte. Es war das Herzstück mit der rotäugigen, scharfzähnigen Schlange.
Wieder stieg mir der Schrei in die Kehle. Wieder würgte ich ihn hinunter. Jetzt ungefähr würden die Presseleute eintreffen. Auf keinen Fall durften sie hier hereinkommen. Sie sollten nicht wie die Aasgeier über den toten Frank herfallen.
Was sollte ich bloß tun?
Die Augen immer noch auf Frank gerichtet, ging ich rückwärts aus dem Saal. Dann drehte ich mich um und rannte zum Hof. Ein paar Reporter waren schon da und beäugten das Buffet. Isabel stand an der Tür. Ich packte sie beim Arm.
»Lassen Sie den Reportern zu trinken geben«, sagte ich atemlos. »Sie sollen ruhig zu essen anfangen.«
Sie nickte, dann sah sie mich scharf an.
»Was ist los?«
»Nichts. Sorgen Sie nur dafür, daß die Leute sich unterhalten. Schenken Sie ihnen reichlich Champagner ein.«
Ich rannte durch den Hof zum Bürotrakt. Vic legte gerade den Telefonhörer auf, als ich hereinkam.
»Immer noch besetzt«, sagte er. »Ich möchte nur wissen, wo zum Teufel Maria ist.«
Ich antwortete nicht. Ich war nur noch ein Nervenbündel. Meine Hand zitterte, als ich den Hörer des Telefons abnahm und den Notruf wählte.
»Was ist denn?« fragte Vic.
Ich schüttelte den Kopf. Die Zentrale meldete sich. Ich gab meinen Namen und die Adresse des Museums an. Es sei ein tödlicher Unfall geschehen, sagte ich. Wir hätten die Presse im Haus. Ob die Polizei möglichst unauffällig hier erscheinen könne.
Vic riß die Augen auf.

Ich legte auf und wandte mich ihm zu.
»Wer?« fragte er.
»Frank. Im Volkskunstsaal. Er muß irgendwas an dem Lebensbaum gemacht haben. Er ist umgestürzt und hat ihm den Kopf zertrümmert.«
»Ist er wirklich tot?« fragte Vic entsetzt.
»Ich hab ihn nicht berührt, aber man sieht doch, wenn jemand nicht mehr atmet. Es ist ganz still da drinnen, so still . . .« Ich begann noch heftiger zu zittern.
Vic legte den Arm um mich.
»Nicht doch. Bleiben Sie ruhig.«
»Ich – ich kann's – nicht – ändern . . .«
Er drückte mich in einen Sessel. »Tief atmen.«
Ich gehorchte.
»Weiß noch jemand davon?« fragte er.
Ich schüttelte den Kopf.
»Ich hab Isabel gesagt, sie soll sich um die Reporter kümmern.«
»Großer Gott! Die Presse.«
»Genau.«
Einen Moment lang starrte Vic mich stumm an. Dann fragte er: »Besser jetzt?«
»Nein. Ja. Doch ein bißchen besser ist mir schon.«
»Ich hole uns eine Flasche Champagner. Wir können beide einen Schluck gebrauchen.«
Er ging. Es war auch hier im Büro still. Viel zu still. Dann kam Vic mit dem Champagner zurück.
»Pur«, sagte er. »Wir brauchen keinen Orangensaft.«
Er kramte zwei Kaffeetassen heraus und schenkte ein. Ich nahm eine und trank. Die Kohlensäure stieg mir in die Nase. Vic spülte seinen Champagner in einem Zug hinunter und schenkte sofort nach. Ich betrachtete die Tasse, die ich in der Hand hielt. Sie war mit einem großen roten Herz verziert und darunter stand »Daddy«. Ich fing wieder an zu zittern. Es war Franks Tasse. Eines seiner Kinder hatte sie ihm ver-

gangenes Jahr zum Geburtstag geschenkt. Was sie hier in Marias Schreibtisch zu suchen hatte, war mir schleierhaft. Frank war so zerstreut. Er hatte sie wahrscheinlich einfach stehenlassen.

Die Tür zum Bürotrakt öffnete sich, und Isabel kam herein.

»Die Polizei ist hier«, flüsterte sie.

»Ja.« Ich stand auf. »Schicken Sie sie hier herein. Sehen Sie zu, daß die Reporter nicht aufmerksam werden.«

Sie trat zur Seite. Zwei Beamte in Uniform kamen herein. Ich stellte die Tasse mit dem Champagner nieder und erklärte, was ich entdeckt hatte. Als ich fertig war, führte Vic sie hinüber in den Saal.

Ich setzte mich wieder hin. Trank noch etwas Champagner. Ich hatte am Morgen nicht gefrühstückt und spürte den Alkohol bereits. Automatisch schenkte ich mir wieder ein und hob die Tasse an die Lippen.

»Geben Sie mir die lieber«, sagte Vic. »Sonst sind Sie am Ende noch betrunken. Das würde einen schönen Eindruck auf die Polizei machen. Morgens um zehn!«

Ich sah ihn an und kicherte.

»Großer Gott!« Vic riß mir die Tasse fast aus der Hand.

Ich kicherte wieder.

Die Tür öffnete sich, und ein Mann mittleren Alters kam herein. Er war ein Anglo und alles an ihm war braun – das Haar, das sonnengebräunte Gesicht, der Anzug, die Schuhe, sogar die Ränder seiner Sonnenbrille. Er sah mich mit scharfem Blick an, und mir blieb das Kichern im Hals stecken.

»Haben Sie die Sache gemeldet?« fragte er.

»Ja.« Ich wollte aufstehen, hielt es dann aber für klüger, sitzen zu bleiben.

»Das ist Elena Oliverez, unser Kurator«, erklärte Vic. »Ich bin Vic Leary, der Geschäftsführer.«

»Lieutenant Dave Kirk. Mordkommission.« Er bot mir nicht die Hand.

»Mordkommission?« wiederholte ich. »Aber –« Ein Schluckauf unterbrach mich.
»Das verstehe ich nicht«, sagte Vic mit einem zornigen Blick auf mich. »Mr. de Palma ist verunglückt. Der Lebensbaum –«
»Wir müssen bei allen ungewöhnlichen Todesfällen ermitteln. Wer hat ihn gefunden?«
Ich wurde rapide wieder nüchtern. »Ich.«
»Erzählen Sie.«
Ich erzählte.
Kirk nickte und wandte sich an Vic. »Gehen wir in den Saal.«
Als die beiden Männer gegangen waren, griff ich automatisch wieder nach der Tasse, die Vic auf den Aktenschrank gestellt hatte, aber ich setzte sie gleich wieder ab. Die Mordkommission! Ich stand auf und ging in den Hof.
Es waren ungefähr zwanzig Reporter und Kameraleute da, von den Zeitungen und von der örtlichen Fernsehstation. Die Schüsseln mit den Erdbeeren waren zur Hälfte geleert, und ein Ehrenamtlicher goß frische Bowle auf. Isabel stand wie ein Wachhund beim Portal zu den Ausstellungsräumen. Sie fuhr zusammen, als ich zu ihr trat und ihr die Hand auf den Arm legte.
»Vic hat es mir gesagt«, flüsterte sie. »Was sollen wir denn jetzt mit ihnen anfangen?« Sie wies auf unsere Gäste.
»Versorgen Sie sie mit Champagner. Der Rundgang kann natürlich nicht stattfinden. Früher oder später muß jemand eine Erklärung abgeben.«
»Wer denn?«
»Ich wahrscheinlich.«
Mir schoß der Gedanke durch den Kopf, daß ich Carlos Bautista anrufen sollte, den Vorsitzenden unseres Verwaltungsrats. Ich gab Isabel einen beruhigenden Klaps auf die Schulter und ging ins Büro zurück. Dann fiel mir ein, daß Carlos zur Zeit im Urlaub in Acapulco war. Wen sonst sollte ich

informieren? Die anderen Verwaltungsmitglieder hatten bei weitem nicht sein Format. Sie würden höchstens in helle Panik geraten. Es würde also alles an mir hängenbleiben.
Die Tür ging auf, und Lieutenant Kirk kam herein. Er blieb stehen und musterte mich stumm. Sein Gesicht war ausdruckslos.
»Die Leute von der Spurensicherung sind unterwegs«, sagte er schließlich. »Gibt es einen Zugang zu den Ausstellungsräumen, wo sie von den Presseleuten nicht gesehen werden können?«
Ich überlegte. »Durch den hinteren Hof?« sagte ich.
»Gleich, wie.«
Ich führte ihn durch Franks Büro in den ummauerten Innenhof und holte den Schlüssel zum Vorhängeschloß am Tor aus meiner Tasche.
»Auf diesem Weg kommt man direkt zum Parkplatz bei der Laderampe.« Ich deutete auf den schmalen Durchgang und das Tor. »Ihre Leute können da draußen parken. Wenn sie hier hereinkommen, kann keiner sie sehen.«
»Gut.«
Wir gingen durch den Innenhof zu den Büros zurück. Eine der Azaleen, welche sich ganz nahe am Bürofenster befand, war umgefallen. Das Museum begann schon, ordentlich aus den Fugen zu gehen. Ich hielt nach dem Pfahl Umschau, um die Pflanze wieder aufzurichten, aber ich sah ihn nirgends. Meine Augen füllten sich mit Tränen. Ich weinte nicht um Frank. Sein Tod änderte nichts an der Tatsache, daß ich ihn nicht gemocht hatte. Ich weinte um das Museum, für das dieses Unglück vielleicht einen schweren Rückschlag bedeuten würde. Und ich weinte auch um mich selbst. Ich wußte nicht, ob ich den bevorstehenden Aufgaben gewachsen sein würde.
Lieutenant Kirk blieb an der Tür stehen und sah mich an. Ich straffte die Schultern und wischte mir die Tränen ab. Sein Gesicht war so ausdruckslos wie zuvor.

»Sie müssen mit den Leuten von der Presse reden«, sagte er. »Sie dürfen jetzt auf keinen Fall in die Ausstellungsräume.«

»Ich gebe eine Erklärung ab und schicke sie nach Hause.«

Ich setzte mich an Marias Schreibmaschine und verfaßte eine kurze Erklärung. Während ich noch tippte, kamen die Leute von der Spurensicherung mit ihren Geräten durch das Büro.

Als ich schließlich in den Hof hinausging, war vom Buffet kaum etwas übrig, und die Reporter begannen ungeduldig zu werden.

»Sie wollen wissen, wann die Besichtigung endlich anfängt«, teilte mir Isabel mit. »Was tun wir jetzt?«

»Wir sagen die Besichtigung ab.«Ich trat an einen der Tische und klopfte an ein Glas, um die Aufmerksamkeit auf mich zu ziehen. Dann verlas ich meine Erklärung.

»Ich habe die traurige Pflicht, Ihnen mitzuteilen, daß der Direktor des Museums für Mexikanische Kunst, Mr. Francisco de Palma, heute morgen in einem unserer Ausstellungsräume durch einen Unfall ums Leben gekommen ist. Sie werden verstehen, daß wir unter diesen tragischen Umständen die geplante Besichtigung nicht durchführen können. Ich möchte Sie alle bitten, das Gelände des Museums jetzt zu verlassen, damit die Polizei ihre Ermittlungen hier ungestört durchführen kann. Sobald der Termin für eine Pressekonferenz feststeht, werden wir Sie benachrichtigen. Ich danke Ihnen.«

Erst gab es Ausrufe der Überraschung und Bestürzung, dann folgten die Fragen. Ich hob eine Hand.

»Es tut mir leid. Ich kann im Augenblick keine Fragen beantworten. Sie werden zu gegebener Zeit von uns hören.« Damit floh ich ins Büro.

Drinnen stand Vic.

»Ich bin endlich zu Franks Familie durchgekommen. Jesse und Maria sind dort. Sie hat ihn heute morgen angerufen,

als sie merkten, daß Frank die ganze Nacht nicht nach Hause gekommen war.«
Natürlich, er hatte denselben Anzug angehabt wie am Tag zuvor. Aber wo war er gewesen, wenn nicht zu Hause?
»Sie haben erst heute morgen angefangen, sich Sorgen zu machen?«
Vic nickte. »Frank – äh – ist häufig nicht nach Hause gekommen.«
»Was soll das heißen?«
»Genau das, was ich gesagt habe«, antwortete Vic mit sichtlichem Unbehagen.
»Sagen Sie bloß nicht, daß Frank eine Freundin hatte!« Ich konnte es kaum glauben.
»Äh – doch.«
»Frank?«
»Ja.«
»Du meine Güte, welche Frau hätte sich –« Ich brach ab. Ich wollte nicht so mit Vic sprechen; er war schließlich Franks Freund gewesen. Vielleicht gab es Frauen, die ungepflegte Dickwänste mochten. Meine Mutter hat mir ja erzählt, daß Rosa de Palma einmal ein schönes Mädchen gewesen war. Wenn es ihm gelungen war, sie zu erobern, war es denkbar ...
»Vic, wenn er häufig die ganze Nacht ausblieb, wieso machten sie sich dann heute morgen plötzlich Sorgen?«
»Er kam immer rechtzeitig zum Frühstück mit den Kindern nach Hause.«
»Aber warum haben sie denn nicht im Museum angerufen, um festzustellen, ob er vielleicht hier ist?«
»Das haben sie getan, aber es meldete sich niemand. Daraufhin haben sie – na ja, woanders angerufen.«
Die Geschichte war Vic offensichtlich höchst peinlich, und ich beschloß, sie auf sich beruhen zu lassen.
»Wie hat die Familie die Nachricht von seinem Tod aufgenommen?«

»Mit Entsetzen natürlich.«
»Wollen Sie rüberfahren?«
»Die Polizei sagte, es dürfe keiner gehen.«
»Na, wenn sie hier fertig sind, schließen wir für heute. Ich muß eine Sitzung des Verwaltungsrats anberaumen und überlegen, wann wir die Pressekonferenz halten können. Wissen Sie zufällig, wo Carlos Bautista in Acapulco zu erreichen ist?«
»Die Nummer müßte irgendwo in Franks Schreibtisch sein.«
»Gut. Wir müssen ihn benachrichtigen. Wir müssen –«
Lieutenant Kirk unterbrach mich.
»Kann ich Sie einen Moment sprechen, Miss Oliverez?« fragte er mit grimmiger Miene.
»Selbstverständlich.«
»Wir lassen jetzt die Leiche wegbringen. Sind die Presseleute gegangen?«
»Ja, sie müßten schon weg sein.«
»Gut. Sobald wir drüben fertig sind« – er wies mit dem Daumen zu den Ausstellungsräumen – »möchte ich mit jedem Angestellten allein sprechen.«
»Warum?«
»Um festzustellen, wann jeder Mr. de Palma das letztemal gesehen hat.«
»Wieso ist das wichtig?«
Er ging nicht auf die Frage ein.
»Bitte sagen Sie ihnen – auch den ehrenamtlichen Helfern –, sie möchten unter allen Umständen hierbleiben.«
»Aber warum denn nur?«
Wieder ignorierte er meine Frage.
»Da Sie den Toten gefunden haben, fange ich gleich bei Ihnen an.«
»Ich verstehe das alles nicht.«
Mit unergründlicher Miene sah er mich an.
»Es handelt sich hier lediglich um eine Routineuntersu-

chung, Miss Oliverez.«
»Wieso?«
»Weil Frank de Palma nicht durch einen Unfall ums Leben gekommen ist. Er wurde ermordet.«

5

Ich konnte es nicht glauben. Und auch nach meinem Gespräch mit Lieutenant Kirk – nachdem ich ihm in allen Einzelheiten berichtet hatte, was ich in der Zeit zwischen meinem Arbeitsantritt am Vortag bis zu dem Moment, als ich die Polizei angerufen hatte, getan hatte – konnte ich es noch nicht glauben.
Frank hatte, wie der Lieutenant mir erklärte, einen Schlag auf den Kopf bekommen. Mit einem schweren Gegenstand. Die Polizei wußte noch nicht, was es gewesen war. Den Lebensbaum hatte man auf den Toten gestoßen, um das Verbrechen zu vertuschen. Ein kläglicher Versuch.
Ich überließ Lieutenant Kirk mein Büro zur Vernehmung der anderen. Als ich hinausging, kam Vic herein. Er versuchte, mich mit einem tröstenden Blick zu beschwichtigen, aber er bekam es nicht so recht hin.
Ich ging in den Volkskunstsaal hinüber, wo die Leute von der Spurensicherung gerade ihre Sachen zusammenpackten. Franks Leiche war fortgebracht worden. Die Stelle, wo sie gelegen hatte, war durch eine Kreideskizze gekennzeichnet. Automatisch sah ich mich um, ob außer dem *árbol de la vida* noch etwas anderes beschädigt worden war. Alles andere schien in Ordnung zu sein, aber irgendwie hatte ich das Gefühl, daß etwas doch nicht stimmte. Was war es nur? Ich konnte mir nicht klarwerden. Was –
»Elena?« sagte Isabel hinter mir.
»Ja?«

»Das Telefon hört überhaupt nicht mehr auf zu läuten. Ein Reporter nach dem anderen. Ich weiß nicht, was ich ihnen noch sagen soll.«
»Das gleiche, was ich vorhin schon gesagt habe – daß wir später eine Pressekonferenz halten werden. Ich muß unbedingt mit Carlos sprechen.« Wir gingen durch den Hof zu den Büros zurück. »Bleiben Sie am Telefon«, sagte ich zu Isabel und verzog mich in Franks Büro.
Alles war genauso wie am Nachmittag zuvor. Die Morgensonne schien durch das Fenster und warf die Schatten der Gitterstangen auf den aufgeräumten Schreibtisch. Ich setzte mich und zog die mittlere Schublade auf. Da gab es nichts zu sehen als Stifte und Kugelschreiber. Die Bleistifte waren alle frisch gespitzt. In einer Seitenschublade fand ich den Wirtschaftsplan, an dem Frank am vergangenen Abend angeblich noch hatte arbeiten wollen. Ich glaubte nicht daran; der Wirtschaftsplan wurde von Vic vorbereitet, und Frank hielt sich an seine Ratschläge. Er hatte mir das nur erzählt, um den Eindruck zu erwecken, er müsse noch arbeiten.
Ich sah die Buchhaltungsblätter durch. Sie waren mit Vics säuberlich geschriebenen Zahlen bedeckt. Doch auf dem letzten Blatt entdeckte ich Franks größere, flüchtigere Handschrift. Vielleicht hatte er also doch etwas gearbeitet.
Ich sah mir das Blatt genauer an. Es enthielt eine Liste von Namen, denen Zahlen gegenübergestellt waren. Die Namen waren mir unbekannt, und die Zahlen waren viel zu hoch, um etwas mit dem Wirtschaftsplan des Museums zu tun haben zu können: 50000 Dollar, 61500 Dollar. Wenn wir nur Spenden und Subventionen in dieser Höhe bekämen!
Es mußte also eine persönliche Aufzeichnung sein. Was aber hatte sie zu bedeuten? Waren es die Preise von Häusern, die Frank sich angesehen hatte? Er hatte in letzter Zeit davon gesprochen, daß er umziehen wollte. Nein, sie waren viel zu niedrig für Santa Barbara. Schulden dann? So tief konnte Frank doch nicht in der Kreide gewesen sein. Spiel-

schulden? Vielleicht hatte er ein heimliches Laster gehabt. Die Vorstellung gefiel mir, aber sie brachte mich auch nicht weiter. Achselzuckend legte ich das Blatt wieder an seinen Platz. Es ging mich nichts an. Als ich den Terminkalender auf dem Schreibtisch durchsah, fand ich endlich die Nummer von Carlos Bautistas Hotel in Acapulco und griff zum Telefonhörer.

Einer der Knöpfe war erleuchtet, der andere blinkte. Isabel hatte offensichtlich Schwierigkeiten, alle Anrufe zu bewältigen. Ich drückte auf den blinkenden Knopf und sagte: »Museum für Mexikanische Kunst.«

»Elena? Sind Sie's?« Es war Susana Ibarra, Tonys Teenager-Ehefrau. Plötzlich fiel mir wieder ein, daß Tony an diesem Morgen nicht erschienen war.

»Ja, Susana.«

»Wieso bedienen Sie das Telefon?«

»Weil Maria nicht da ist.«

»Ist sie krank?«

Ungeduldig trommelte ich mit dem Finger auf die Schreibtischplatte. Susana war eine alberne Gans, so richtig der kleine Vamp. Sie trug ihre Röcke viel zu kurz, das Make-up zu dick, das lange dunkle Haar zu aufgestylt. Sie kaute unablässig Kaugummi, und wenn man ihr dazu Gelegenheit ließ, schnatterte sie stundenlang ohne Punkt und Komma, wobei sie ihre Monologe mit schrillem Gekicher akzentuierte.

»Nein, Susana«, antwortete ich. »Maria ist nicht krank.«

»Na, Gott sei Dank. Es geht nämlich irgendwas ganz Ekelhaftes rum. Erst hatte ich es und jetzt hat's Tony. Deswegen ruf ich auch an, um Bescheid zu sagen, daß Tony heute nicht kommen kann.«

Das war nichts Besonderes. Sie entschuldigte Tony häufig. Er wirkte nicht kränklich, aber er fehlte mindestens fünf Tage im Monat.

»Dann wissen Sie es also noch gar nicht«, sagte ich.

»Was denn?«
»Frank ist tot. Er wurde ermordet. Bei uns im Museum.«
Ich hörte einen unterdrückten Aufschrei, dann Stille.
»Susana, sind Sie noch da?«
»Ja, ich – ich bin hier.«
»Vielleicht ist es besser, ich rede mit Tony.«
»Nein, das geht. nicht.«
»Wieso nicht? Er ist doch da, oder nicht?«
»Ja – natürlich, er ist hier, aber er kann nicht ans Telefon kommen. Er ist krank. Das heißt, er muß sich dauernd übergeben und . . . ich sag ihm, daß er Sie zurückrufen soll.«
Sie legte auf. Einen Moment lang starrte ich den Hörer in meiner Hand an, dann legte ich ebenfalls auf. Zum erstenmal hatte etwas, das ich gesagt hatte, bei Susana eine deutliche emotionale Reaktion ausgelöst. Ich hoffte nur, sie würde Tony informieren können, bevor sie in einen hysterischen Redezwang verfiel. Mit einem Seufzer wählte ich Carlos Bautistas Hotel in Acapulco.
Carlos, ein liebenswürdiger, geschäftstüchtiger Mann, der mit Öl ein Vermögen verdient hatte, war erschrocken, aber ruhig. Er riet mir, die Presse an die Polizei zu verweisen, wenn sie Informationen haben wollte, und versprach mir, seinen Urlaub sofort abzubrechen und noch am Abend zurückzufliegen. Gleich nach seinem Eintreffen sollte eine Sitzung des Verwaltungsrats stattfinden.
»Inzwischen«, fügte er hinzu, »ernenne ich Sie zum geschäftsführenden Direktor. Sie können Ihre Pressekonferenz halten und den Leuten das mitteilen, aber mehr auch nicht.«
»Ich, geschäftsführender Direktor?«
»Ja, Sie. Warum nicht. Sie scheinen die einzige zu sein, die etwas tut.«
»Ich fühle mich natürlich geehrt. Meinen Sie, wir sollten das Cinco-de-Mayo-Fest vielleicht absagen?«
Er überlegte einen Moment.

»Nein, ich denke nicht. Vic hat mir berichtet, daß wir sehr viele Eintrittskarten verkauft haben. Und an der Tür verkaufen wir sicher noch einmal so viele. Wir können es uns nicht leisten, das Fest abzublasen – und damit die Unterstützung dieser Leute zu verlieren. Das Fest steigt.«

»Gut. Wir sehen uns heute abend.«

Als ich auflegte, hatte ich das Gefühl, eine schwere Last senke sich auf meine Schultern. Vor ein paar Tagen noch hätte ich alles darum gegeben, die Leitung des Museums übernehmen zu können. Jetzt fühlte ich mich schon bei der Vorstellung wie gelähmt.

»Was tun Sie hier?«

Es war Lieutenant Kirk, und er war wütend.

»Ich habe den Vorsitzenden unseres Verwaltungsrats angerufen.«

»Sie können doch nicht hier im Schreibtisch des Ermordeten herumkramen, ehe ich Gelegenheit hatte, die Sachen durchzusehen.«

»Ich habe lediglich das Telefon benützt.«

»Das ist völlig gleich. Los, kommen Sie. Ich muß sowieso mit Ihnen reden.«

Ich stand auf. »Ich habe Ihnen doch schon alles gesagt«, entgegnete ich müde.

Er sah mich an. Wieder konnte ich den Ausdruck seines Gesichts nicht deuten.

»Wirklich?« fragte er.

»Ja.«

»Dann gehen wir alles noch einmal durch. Es sind gewisse Ungereimtheiten zutage getreten.«

Ungereimtheiten? Was meinte er damit? Ich folgte ihm in mein eigenes Büro.

Es roch nach Zigarettenqualm, und der Aschenbecher war voller Stummel. Auf einem Stapel Papiere stand eine Kaffeetasse. Kirk schien sich hier ja wie zu Hause zu fühlen.

Er ließ sich in meinen Drehsessel fallen, und ich setzte mich vor den Schreibtisch auf den Besucherstuhl und kam mir deplaziert vor.
»Was hat Ihr Vorsitzender gesagt?« fragte er.
»Daß wir die Presse an Sie verweisen sollen. Das werde ich den Leuten auf der Pressekonferenz mitteilen.«
»Warum wollen Sie überhaupt eine halten?«
»Ich werde bei dieser Gelegenheit ferner bekanntgeben, daß ich zur geschäftsführenden Direktorin ernannt worden bin.«
»Geschäftsführende Direktorin, so? Da haben Sie's ja schon ganz schön weit gebracht, hm?«
Ich sah ihn scharf an, aber sein Gesicht war ausdruckslos wie beinahe immer.
»Gut.« Er blickte auf seinen Block hinunter, der vor ihm auf dem Schreibtisch lag. »Ich sehe hier, daß einige Personen nicht da sind. Mr. Ibarra –«
»Tony ist krank. Seine Frau hat vorhin angerufen. Er selbst will mich später noch einmal zurückrufen.«
Kirk nickte. »Und Miss de la Cruz?«
»Sie und Mr. Herrera sind bei der Familie de Palma zu Hause.«
»Mr. Herrera?«
»Er ist Maler. Offiziell gehört er nicht zum Personal, aber er hatte versprochen, zum Presseempfang hier zu sein. Er ist einer unserer bekanntesten einheimischen Künstler.«
»Haben Sie die Adressen dieser Leute?«
»Ja.« Ich wies auf mein Adreßbuch.
Wieder nickte Kirk.
»Lieutenant Kirk«, sagte ich, »Sie sprachen vorhin von Ungereimtheiten. Worum handelt es sich? Ich würde das gern klären, damit ich mich wieder an meine Arbeit begeben kann.«
»Was ist das für eine Arbeit?«
»Nun, die Pressekonferenz zum Beispiel. Dann muß ich un-

sere Verwaltungsratsmitglieder informieren, damit sie eine Sitzung einplanen können.«
»Sie übernehmen hier ziemlich prompt das Regiment, scheint mir.«
Es war keine Frage, darum antwortete ich nicht darauf.
»Tja, also die Ungereimtheiten.« Kirk blätterte in seinem Block. »Augenblick mal. Sie sagten, der große Lebensbaum kam gestern morgen gegen elf Uhr hier an.«
»Ja.«
»Und Mr. de Palma wollte ihn zum Presseempfang aufgestellt haben.«
»Ja.«
»Sie hingegen wollten das nicht.«
»Das stimmt, ich wollte den Baum nicht ausstellen.«
»Würden Sie mir bitte nochmals Ihre Gründe dafür darlegen?«
Ich holte Atem. »Der *árbol de la vida* ist ein altes mexikanisches Symbol. Es gibt sehr schöne Bäume. Aber die meisten, die heute gemacht werden, haben mit den Originalen praktisch nichts mehr gemein. Sie sind kitschig und unästhetisch. Die Touristen kaufen sie. Genau wie sie diese schrecklichen Samtgemälde kaufen. Da wird ein heiliges Symbol zum Spott gemacht.«
»Und in Ihren Augen war auch dieser besondere Baum nur ein armseliger Abklatsch?«
»Ja.«
»Wieso konnte Mrs. Cunningham dem Museum so etwas schenken?«
»Sie meinte es gut. Ihr gefiel der Baum. Es gibt Leute, denen solche Bäume wirklich gefallen, wissen Sie.«
»Aber Ihnen nicht.«
»Die meisten Museumsspezialisten hätten diesen Baum nicht so ohne weiteres ausgestellt.«
Worauf wollte er mit seinen Fragen hinaus?
»Sie sagen also, Miss Oliverez, daß Mrs. Cunningham einen

schlechten Geschmack hat.«
»Nein.« Ich schloß die Augen und rieb mir die Stirn. »Sie ist keine Kunstsachverständige, das ist alles. Ihr war gar nicht klar, daß es auf unsere Sammlungen ein schlechtes Licht werfen würde, wenn wir einen solchen Baum in sie aufnehmen. Aber das heißt noch lange nicht, daß sie einen schlechten Geschmack hat. Wenn jeder ein Kunstsachverständiger wäre, brauchten wir keine Kustoden. Wir sind dazu da, die Auswahl zu treffen, dem Publikum die charakteristischen Stücke zu zeigen – ach, Herrgott noch mal!«
»Was ist los?«
»Das hat doch alles mit Franks Ermordung nichts zu tun.«
»Darüber entscheide ich, Miss Oliverez. Wenn jeder ein Polizeisachverständiger wäre, gäbe es keine Polizei.«
Ich hätte ihm am liebsten eine runtergehauen. Mit welchem Recht äffte er meine Bemerkung über Museumskustoden nach?
Kirk sah wohl den Zorn auf meinem Gesicht. Er lächelte widerlich.
»Sie haben einen ganz schönen Jähzorn, wie?«
»Nur, wenn ich gereizt werde.«
Er nickte und sah wieder auf seinen Block hinunter.
»Gut. Also, wenn dieser Baum so eine Farce war, weshalb war Mr. de Palma dann bereit, ihn auszustellen?«
»Um Isabel einen Gefallen zu tun natürlich.«
»Hatte er Mrs. Cunningham besonders gern?«
»Ich verstehe nicht.«
»Er muß sie doch gern gehabt haben, wenn er ihr gefällig sein wollte, indem er diesen häßlichen Lebensbaum ausstellte.«
Der Mensch versuchte absichtlich, mich zu reizen, und das machte mich noch zorniger.
»Er wollte ihr gefällig sein, weil sie Geld hat. Sie haben doch sicher schon einmal von der Macht des Geldes gehört, Lieutenant.«

Er stieg nicht darauf ein. Statt dessen machte er sich eine Notiz und sagte: »Was sagten Sie zu Mr. de Palma, als er Ihnen erklärte, Sie müßten den Baum aufstellen?«
»Ich sagte, wir sollten es nicht tun.«
»Und?«
»Er bestand darauf. Also wurde er aufgestellt.«
»Ist das alles, was Sie zu ihm sagten, Miss Oliverez?«
Mir wurde etwas mulmig. »Mehr konnte ich nicht sagen. Er war ja hier der Direktor.«
Kirk blätterte wieder in seinem Block.
»Lassen Sie mich aus meinen Notizen über mein Gespräch mit Mr. Leary vorlesen. ›Frank sagte Elena, sie solle gefälligst den Baum aufstellen. Da ging sie hoch. Sie ist sowieso ziemlich jähzornig. Aber so hab ich sie noch nie erlebt. Sie beschimpfte Frank und sagte, man solle ihn umbringen.‹«
Kirk sah auf. »War es so, Miss Oliverez?«
O Vic! Warum hatte er Kirk das erzählen müssen?
»Ja – es war so«, antwortete ich.
»Ist das alles, was Sie dazu zu sagen haben?«
»Es gibt nichts weiter dazu zu sagen. Es ist passiert. Aber ich meinte es nicht so. Man sagt häufig schlimme Dinge im Zorn, die man niemals wahrmachen würde.«
Er notierte sich etwas.
»Sprechen wir über die Alarmanlage hier. Ich nehme an, Sie kennen sich damit aus?«
»Ja.«
»Wie funktioniert es?«
»Ganz einfach. Wenn jemand eine der Haustüren öffnet, solange die Anlage eingeschaltet ist, bimmelt es ganz laut.«
»Was ist mit den Fenstern?«
»Die sind nicht angeschlossen. Sie sind alle vergittert. Da ist es nicht nötig.«
»Wie viele Türen sind angeschlossen?«
»Drei. Das Hauptportal, die Tür zur Laderampe und die zum Innenhof hinter Franks Büro.«

Kirk runzelte die Stirn.
»Und die Türen zum Mittelhof?«
»Nicht nötig. In den Mittelhof kommt man nur durch das Hauptportal. Der hintere Innenhof hat, wie Sie vorhin gesehen haben, einen Durchgang zum Parkplatz. Das Tor ist durch ein Vorhängeschloß gesichert.«
»Gut.« Er malte Kringel auf seinen Block. »Wie schaltet man die Anlage ein?«
»Es gibt zwei Möglichkeiten. Wenn man im Inneren des Hauses ist, kann man einen der drei Kippschalter betätigen, die sich neben den angeschlossenen Türen befinden. Dann sind automatisch alle drei Türen gesichert. Ist man außer Haus, muß man den Schlüssel nehmen. Dann passiert das gleiche – es werden alle drei Türen gesichert.«
»Und wer hat die Schlüssel?«
»Nur Frank und ich.«
»Und wo ist Ihrer jetzt?«
»Hier, in meiner Rocktasche.« Ich klopfte leicht auf die Stelle.
»Hatten Sie den Schlüssel während der ganzen Zeit, über die wir gesprochen haben – also von gestern morgen an – bei sich?«
»Ja.«
»Und haben Sie eine Ahnung, wo Mr. de Palmas Schlüssel ist?«
Ich überlegte und sah Franks Büro vor mir.
»Er hängt an dem Haken in seinem Büro. Frank war ziemlich zerstreut. Deshalb hängte er seinen Schlüsselbund, an dem er die Schlüssel für die Alarmanlage und für das Vorhängeschloß zum Parkplatz hatte, jeden Tag, wenn er zur Arbeit kam, gleich an diesen Haken.«
»Sie sind sicher, daß es keine weiteren Schlüssel gibt?«
»Ja. Als wir hier einzogen, gab es ziemlich heiße Diskussionen darüber, wer alles einen Schlüssel haben sollte. Wir beschlossen sicherheitshalber, die Anzahl zu beschränken.«

»Wäre es möglich, daß jemand Nachschlüssel machen ließ?«
»Nein. Man kann sie nur beim Hersteller direkt bestellen, und der liefert sie nur, wenn die Bestellung von bestimmten Leuten genehmigt ist.«
»Wer sind diese Leute?«
»Ich, Frank und der Vorsitzende unseres Verwaltungsrats, Carlos Bautista. Wir hätten alle drei eine solche Bestellung unterzeichnen müssen.«
»Und es wurde nie eine solche Bestellung vorgelegt?«
»Nein.«
Kirk lehnte sich zurück und sah mich schweigend an.
»Gut. Rekapitulieren wir, was geschah, als Sie gestern abend hier weggingen.«
Ich seufzte. »Ich schaute bei Frank vorbei und fragte ihn, ob er absperren würde, oder ob ich es tun solle. Er sagte, ich solle absperren.«
»Wo waren seine Schlüssel zu diesem Zeitpunkt?«
»Am Haken.«
»Und was taten Sie dann?«
»Ich schaltete die Alarmanlage ein und ging.«
»Außer Mr. de Palma war niemand mehr hier?«
»Nein. Alle anderen waren ungefähr eine Viertelstunde vorher schon gegangen.«
»Mr. de Palma war also allein hier eingesperrt?«
»Ja.«
Wieder hüllte sich Kirk in Schweigen.
»Lieutenant Kirk, ich verstehe nicht, wieso es so wichtig ist, was gestern abend geschah. Frank war heute morgen schon vor mir hier. Die Person, die ihn getötet hat, kam wahrscheinlich mit ihm zusammen.«
Kirk beugte sich vor und fixierte mich mit seinen unergründlichen braunen Augen.
»Der Arzt hat uns gesagt, daß Mr. de Palma gestern am frühen Abend getötet wurde, möglicherweise sogar schon um

siebzehn Uhr dreißig.«
»Oh.« Mir wurde einiges auf unangenehme Weise klar. Das Schweigen zog sich in die Länge.
Schließlich sagte ich: »Er sagte mir gestern abend, er wolle noch am Wirtschaftsplan arbeiten. Aber das tat er nie. Das war Vics Aufgabe. Vielleicht sagte er es nur, um mich loszuwerden. Vielleicht wollte er sich hier mit jemandem treffen und mich aus dem Weg haben. Vielleicht ließ er diese Person selbst herein, und sie tötete ihn.«
Kirk betrachtete mich gedankenvoll.
»Er könnte ganz leicht jemanden hereingelassen haben«, fügte ich hinzu. »Er brauchte nur den Kippschalter zu drükken, um die Alarmanlage auszuschalten.«
Wieder blätterte Kirk in seinem Block.
»Ich lese aus Ihrer früheren Aussage, Miss Oliverez. ›Als ich heute morgen kam, war die Alarmanlage eingeschaltet. Alles wirkte ganz normal. Als ich an Franks Büro vorbeikam, sah ich seine Schlüssel am Haken und dachte mir, daß er vor mir gekommen sei. Ich wollte ihn aber nicht stören und machte mich an meine Arbeit. Die anderen kamen ungefähr zwanzig Minuten später.‹«
»Können Sie Kurzschrift?« fragte ich, doch in meinem Hirn rasten die Gedanken.
Er ließ meine Frage unbeachtet.
»Er muß also gestern abend jemanden hereingelassen und dann die Anlage wieder eingeschaltet haben«, sagte ich. »Und diese Person tötete ihn und . . .«
»Und was?«
Ja, was? Ohne den Schlüssel, um die Alarmanlage von außen wieder einzuschalten, hätte niemand gehen können; denn die Anlage war ja in Betrieb gewesen, als ich am Morgen gekommen war.
»Was tat diese Person, nachdem sie Mr. de Palma getötet hatte?« fragte Kirk.
»Nun, sie – sie hätte – Natürlich!« Sie könnte sich im Mu-

seum versteckt haben, bis ich heute morgen kam, und sich dann hinausgeschlichen haben.«

»Hätten Sie oder Mr. Leary oder Mrs. Cunningham und ihre Ehrenamtlichen es nicht bemerkt, wenn jemand sich hinausgeschlichen hätte?«

»Nicht unbedingt.« Ich starrte auf meine Hände. Sie waren so fest ineinandergekrampft, daß die Knöchel weiß hervortraten. Ich schloß die Augen und sah mit erschreckender Deutlichkeit den Schalter der Alarmanlage vor mir, wie er am Morgen gewesen war, als ich aufgesperrt hatte.

»Miss Oliverez?«

»Es muß aber jemand aus dem Museum hinausgegangen sein. Und zwar in dem Zeitraum, nachdem ich am Abend die Anlage eingestellt hatte und bevor ich heute morgen wieder aufsperrte.«

»Woher wollen Sie das wissen?«

»Als ich gestern abend ging, war das Schloß der Anlage in Abwärtsposition. Heute morgen war es aufwärts gedreht. Das heißt, daß jemand durch eine der anderen beiden Türen – bei der Laderampe und zu Franks Innenhof – hinausgegangen ist und die Anlage wieder einschaltete.«

»Wie, Miss Oliverez?«

Ich überlegte angestrengt.

»Wie kann das jemand zustande gebracht haben, wenn Sie, wie Sie selbst sagten, den Schlüssel hatten und der einzige andere existierende Schlüssel heute morgen bei Ihrer Ankunft im Inneren des Museums war?«

»Vielleicht – vielleicht hat sich jemand hereingeschlichen und Franks Schlüssel wieder an den Haken gehängt, nachdem ich aufgemacht hatte.«

»Ach, jetzt schleicht zur Abwechslung mal jemand hinein. Aber ist das wirklich möglich, Miss Oliverez?«

»Nein. Ich war ja direkt zu Franks Büro gegangen und hatte die Schlüssel gesehen. Keiner konnte vor mir dagewesen sein.«

»Mit anderen Worten«, folgerte Kirk, »die einzige Person, die die Anlage eingeschaltet haben kann, sind Sie. Wir haben nur Ihre Aussage, daß das Schloß heute morgen in einer anderen Position war. Und gerade Sie haben gestern noch Mr. de Palma gedroht, ihn umzubringen.«
»Das ist nicht wahr! Ich habe ihm nicht gedroht.«
»Wie würden Sie es denn nennen?«
»Ich – ich war wütend ... Ich meinte es nicht –«
»Sie scheinen mir eine intelligente Frau zu sein, Miss Olivez. Wenn Sie sich nach den Fakten, die mir vorliegen, ein Urteil bilden müßten, was würden Sie denken?«
»Ich – weiß nicht.«
»Dann werde ich es Ihnen sagen.« Kirk stand auf und neigte sich über den Schreibtisch zu mir. Seine Stimme war leise und ruhig. »Diese Fakten lassen stark vermuten, daß Sie Frank de Palma getötet haben.«

6

Elf Uhr am selben Abend. Ich lag über meinen Schreibtisch gebeugt, den Kopf auf die Arme gestützt, wie ein Kind in der Schulpause. Der Tag war zermürbend gewesen, und die kommenden schienen nicht verheißungsvoller.
Zwei Stunden lang hatte Lieutenant Kirk mich verhört, mich immer wieder über meine häufigen Auseinandersetzungen mit Frank ausgefragt, sich von mir zeigen lassen, wie die Alarmanlage funktionierte. Meine Theorie, daß Franks Mörder sich über Nacht im Museum versteckt hatte, lehnte er ab. Ich glaubte ja selbst nicht ernstlich daran. Die ganze Zeit, während Kirk auf meiner – wie er es nannte – »beruflichen Eifersucht auf Mr. de Palma« herumhackte, kreisten meine Überlegungen um jene einzige Möglichkeit – daß jemand das Museum verlassen und die Alarmanlage wieder-

eingeschaltet hatte, ohne von einem der beiden existierenden Schlüssel Gebrauch zu machen. Als Kirk mich schließlich aus seinen Klauen ließ, ging er mit der Ermahnung, daß ich die Stadt nicht verlassen solle, ohne ihn vorher zu unterrichten. Ich kam mir vor wie eine Figur aus einer Fernsehserie.

Danach ließ ich Isabel die Presseleute anrufen, die wir am Morgen heimgeschickt hatten. Nachmittags um vier traf ich mit ihnen im Mittelhof zusammen und gab meine kurze Erklärung ab. Es gab allgemeines Geschimpfe über den Mangel an konkreten Informationen, aber die Leute gingen bald wieder, vermutlich, um sich direkt an die Polizei zu wenden.

Inzwischen hatte natürlich meine Mutter von der Sache gehört. Besorgt rief sie mich an. Wie es mir ginge, wollte sie wissen. Ob sie herüberkommen solle.

Ich lehnte ab.

Aber ob es mir auch wirklich gutginge? Schließlich müsse es doch ein Schock für mich gewesen sein, Frank tot zu finden, und sie wisse genau, wie schlimm Beerdigungen schon immer für mich gesesen seien.

Ich versicherte ihr, daß es mir gutginge.

Nachdem das erledigt war, nahm die Stimme meiner Mutter einen vertraulichen Ton an. Das sei ja wirklich eine schlimme Geschichte mit Frank, meinte sie. Aber habe sie es mir nicht vorher gesagt? Habe sie es nicht geahnt?

Ich bejahte.

Ich mußte ihr versprechen, sie anzurufen, wenn ich etwas brauchte. Als ich auflegte, hatte ich Tränen in den Augen. Ihre Teilnahme tat mir gut.

Zum Abendessen schlang ich einen Hamburger hinunter, der wie Pappe schmeckte, und rief danach die Mitglieder unseres Verwaltungsrats an. Carlos Bautistas Maschine sollte um acht Uhr landen. Er wollte direkt vom Flughafen zu unserer Besprechung kommen.

Ich setzte mich mit Carlos und den sechs anderen Mitgliedern in Franks Büro, das die Polizei inzwischen von oben bis unten durchsucht hatte, und berichtete, zum hundertstenmal, wie mir schien, über meine Entdeckung an diesem Morgen. Der Verwaltungsrat ernannte mich daraufhin zur geschäftsführenden Direktorin, beschloß, daß die Eröffnung am 5. Mai wie geplant stattfinden solle, und entwarf einen Kondolenzbrief an die Familie de Palma.

Als sie alle um halb elf Uhr gingen, war ich körperlich völlig erschöpft. Ich begleitete die letzten zur Tür, drückte den Schalter der Alarmanlage herunter und verkroch mich in mein Büro. Während mein Körper sich nach Ruhe sehnte, war mein Geist wie aufgedreht.

In dem Zeitraum zwischen der Pressekonferenz und dem Treffen des Verwaltungsrats hatte Lieutenant Kirk sich noch einmal gemeldet. Er wünschte zusätzliche Informationen über das Museum – Hintergrundinformationen nannte er sie. Doch es ging mehr um mich als um das Museum. Wie lange ich schon am Museum tätig sei? Welcher Art meine Ausbildung gewesen sei? Wer mich eingestellt hätte? Ob ich direkt Frank unterstellt gewesen sei? Was für berufliche Ambitionen ich hätte? Die Fragen bestätigten mir, daß er mich ernsthaft verdächtigte. Sie schienen mir eher dazu gedacht, mich unter verstärkten Druck zu setzen, als neue Fakten ans Licht zu bringen.

Während ich jetzt still an meinem Schreibtisch saß, dachte ich über Kirk nach. Seine Gedankengänge waren mir unverständlich. Er schien entschlossen, meine Behauptung, daß das Schloß der Alarmanlage an diesem Morgen in anderer Position gewesen war als am Abend zuvor, zu ignorieren. Es war beinahe so, als wollte er in mir die Schuldige sehen. Warum? Ethnisches Vorurteil? Oder persönliche Antipathie? Ich konnte nicht einmal Vermutungen anstellen, hatte keine Ahnung, was für Emotionen sich hinter

den unergründlichen braunen Augen verbargen. Kirk war für mich ein Buch mit sieben Siegeln.
Ich hätte jetzt gern jemandem mein Herz ausgeschüttet, am liebsten Carlota, meiner Schwester. Wir waren immer gute Freundinnen gewesen. Ihr konnte ich alles sagen. Carlota war die Logische, die Vernünftige der Familie. Aber in Minneapolis, wo sie lebte, war es jetzt schon nach eins. Ich wollte sie nicht aufregen und sie womöglich um ihren wohlverdienten Schlaf bringen.
Ich müßte eben selbst mit dieser Sache fertig werden. Bestimmt würde ich mich nicht als Opfer eines Anglo-Bullen hergeben. Ich wußte schließlich, daß ich keinen Mord begangen hatte.
Aber wer war es gewesen? Ich hatte keine Ahnung.
Und wie? Ich konnte es mir nicht vorstellen.
Vergiß das alles, sagte ich mir. Konzentriere dich auf Frank und das, was du über die Menschen um ihn herum weißt. Beinahe alle, selbst die Mitglieder seiner mexikanischen Mafia hatten ihn gehaßt. An möglichen Verdächtigen fehlte es also nicht.
Ich betrachtete sie einen nach dem anderen.
Jesse. Ich fing aus dem gleichen Grund bei ihm an, aus dem Kirk bei mir angefangen hatte. Jesse hatte zugegeben, daß er eine heftige Auseinandersetzung mit Frank gehabt hatte. Was hatte er gleich gesagt? »Ich hab mich erboten, ihm eigenhändig den fetten Hals umzudrehen.« Jesse war so jähzornig wie ich, wenn nicht noch mehr. Aber konnte er wirklich tätlich werden, wenn man ihn weit genug trieb? Ich hatte nie Gelegenheit gehabt, das zu erfahren.
Maria. Sie hatte zweifellos Grund, ihren angeheirateten Onkel zu hassen. Normalerweise fuhr sie mit Frank im Auto zur Arbeit und nach Hause. Am vergangenen Abend aber hatte sie erklärt, sie wolle zu Fuß nach Hause gehen. Jetzt, als ich darüber nachdachte, schien mir das seltsam. Maria war zimperlich, und der Weg war weit. Wollte sie vielleicht

ganz woanders hin? Ich nahm mir vor, das herauszufinden.
Rosa de Palma. Ihr Mann hatte, wenn das stimmte, was Vic sagte, ein Verhältnis zu einer anderen Frau gehabt. Ich kannte Rosa nicht näher, aber viele Frauen, die in ähnlichen Verhältnissen aufgewachsen waren wie ich, akzeptierten diese Seitensprünge ihrer Ehemänner als unabänderlichen Teil ihres Lebens. Schwelte da nicht doch vielleicht Groll unter der Oberfläche? War es nicht möglich, daß irgendein Ereignis die zurückgewiesene Ehefrau zu einer Verzweiflungstat trieb? Ich mußte mehr über Rosa in Erfahrung bringen.
Die unbekannte Frau. Ich mußte herausbekommen, wer Franks Geliebte gewesen war.
Isabel. Sie konnte über die kühle Aufnahme ihres *árbol de la vida* erbittert gewesen sein. Hatte sie nicht gesagt, sie wolle »ein Wörtchen« mit Frank reden, ehe sie ging? Hatte sie es getan? Wenn ja, um was war es gegangen?
Tony. Da stand ich nun wirklich vor einem Rätsel. Wo, zum Teufel, war der Kolumbier? Ich hatte den ganzen Nachmittag immer wieder versucht, ihn anzurufen, aber unter seiner Nummer hatte sich niemand gemeldet. War er so krank, daß er nicht einmal ans Telefon hatte gehen können? Aber wo war dann Susana? Kirk hatte, als er am Nachmittag noch einmal mit mir gesprochen hatte, durchblicken lassen, daß sein Besuch bei Tony auch erfolglos gewesen war. Er schien darüber nur irritiert, ich aber fand Tonys Unerreichbarkeit verdächtig. Die Gründe seiner Abwesenheit aufzudecken, sollte mein erstes Ziel sein.
Vic. Es fiel mir schwer, den großen, schwermütigen Mann zu verdächtigen. Er hatte an Frank gehangen. Aber dann fiel mir der Ausdruck auf seinem Gesicht ein, als Frank am vergangenen Nachmittag aus dem Volkskunstsaal gegangen war. Was wußte ich denn schon von Vic? Ich mußte versuchen, mehr über ihn zu erfahren.
Plötzlich erschreckte mich ein Kratzgeräusch, und ich hob

mit einem Ruck den Kopf. Das Geräusch hörte auf, fing wieder an. Mit einem nervösen Lachen erkannte ich, daß die Zweige des Jacaranda, die Dach und Mauer des Hauses streiften, das Geräusch machten. Ich stand auf und ging zum Fenster. Nebel wälzte sich in dichten Schwaden durch den Garten.

Ein Schatten fiel an die Wand neben mir. Er war riesengroß und kam von der Tür her. Unwillkürlich griff ich mir an den Hals. Einen Moment war ich wie gelähmt. Dann drehte ich mich langsam um.

Es war Vic.

»Mein Gott, was tun Sie denn hier?« Meine Stimme klang schrill.

»Es tut mir leid, daß ich Sie erschreckt habe. Gerade, weil ich Sie nicht erschrecken wollte, hab ich nichts gesagt.« Er lächelte ein wenig. »Aber das war offensichtlich auch nicht die richtige Methode.«

»Nach einem Tag wie heute ist jede Methode falsch.« Ich zog meine Jacke enger um mich und ging vom Fenster weg. »Es ist direkt unheimlich hier, besonders mit dem Nebel da draußen.«

»Kommen Sie mit in mein Büro. Ich hab den kleinen Heizstrahler an. Trinken Sie einen Schluck Brandy.«

Das klang verlockend. Ich folgte ihm in sein Büro. Es wirkte wirklich gemütlich, hell und warm, die Vorhänge zugezogen, so daß man vom Nebel nichts sah. Der Schreibtisch war voller Papiere.

»Ich wußte nicht einmal, daß Sie hier sind«, sagte ich und ließ mich in einem seiner bequemen Sessel nieder. »Was arbeiten Sie da?«

Er nahm einen Plastikbecher aus seiner Schreibtischschublade und füllte ihn mit Brandy. Seinen geröteten Wangen nach, hatte er selbst dem Alkohol auch schon kräftig zugesprochen.

»Ach, das sind die Bücher, was sonst. Ich dachte mir, daß

der Verwaltungsrat sie wahrscheinlich durchsehen möchte, jetzt, wo Frank . . .« Er reichte mir den Becher. »Ich wollte sie auf jeden Fall aufs laufende bringen. Durch die Vorbereitungen für die Eröffnung war ich mit meiner Arbeit ein bißchen hinterher.«
»Das ging uns doch allen so.«
Ich trank von dem Brandy und genoß die Wärme, die sich in mir ausbreitete.
Vic fing an, die Bücher einzusammeln. »Ich bin zu Ihnen hinübergekommen, weil ich vermeiden wollte, daß Sie vor mir gehen. Denn ich hätte ja die Alarmanlage nicht wieder einschalten können.« Er ging zu dem kleinen Wandsafe, öffnete es und legte die Bücher und Papiere hinein.
»Warum tun Sie das?« fragte ich.
»Was?«
»Warum sperren Sie die Unterlagen ein? Es sind doch nur Papiere.«
»Das stimmt schon, aber sie müssen an einem feuersicheren Ort aufbewahrt werden.«
Er kehrte an seinen Schreibtisch zurück und setzte sich. Sein Gesicht wirkte noch melancholischer als sonst.
»Er wird Ihnen fehlen, nicht wahr«, sagte ich.
»Ja. Wir waren lange zusammen, beinahe zwanzig Jahre. Wenn ich im Leben überhaupt einen Freund hatte, dann war es Frank.«Vic mußte meinen skeptischen Blick bemerkt haben, denn er fügte hinzu: »Ich weiß, Sie glauben nicht, daß Frank überhaupt zur Freundschaft fähig war. In gewisser Hinsicht haben Sie recht. Aber wir haben schöne Zeiten zusammen verlebt. Verdammt schöne Zeiten.«
»Wie haben Sie ihn kennengelernt?«
»Bei der Hernandez-Stiftung.« Das war eine Organisation, die spanisch-amerikanische Kulturprojekte mit Spenden zu unterstützen pflegte. »Frank war dort Geschäftsführer. Das war ein guter Posten für einen Jungen, der gerade das College hinter sich hatte. Er stellte mich als Buchhalter ein. Wir

sind im ganzen Staat herumgereist und haben die Projekte geprüft, die für eine finanzielle Unterstützung in Frage kamen. Ich hatte damals so einen klapprigen alten Lincoln Continental. Mann, was konnten wir da fahren! An einem Tag von San Diego über Bakersfield nach San Francisco. Tja, das waren Zeiten.« Sein Blick verdüsterte sich. »Aber ich brauchte auch etwas, um mich von meiner Tochter abzulenken.«
Ich hörte das erstemal von einer Tochter.
»Warum?«
»Sie war krank. Eine selten vorkommende Nierenkrankheit. Sie . . .« Er drückte eine Hand auf die Augen. »Ich möchte nicht darüber sprechen.«
Das bedeutete wahrscheinlich, daß das Kind gestorben war.
»Und als Frank bei der Hernandez-Stiftung aufhörte, gingen Sie mit ihm?«
»Ja. Er eröffnete damals die Galerie in der Altstadt. Er war wirklich ein Kenner, wissen Sie. Und er hatte einen Riecher für die Orte, wo gute Kunst zu finden war. Wir brachten die Sachen damals aus Südamerika und Mexiko herauf. Er wußte genau, bei wem er kaufte, und er war ein knochenharter Geschäftsmann. Das war alles vor den Ausfuhrbeschränkungen.«
In den letzten Jahren ist den Staaten südlich der Grenze allmählich klargeworden, daß die Kunstschätze ihrer Länder nicht unerschöpflich sind, und sie haben deshalb Ausfuhrbeschränkungen eingeführt. In Mexiko ist es beispielsweise so, daß Gegenstände, die einen Wert von mehr als fünftausend Dollar haben, ohne staatliche Genehmigung nicht aus dem Land ausgeführt werden dürfen. Anfangs basierten diese Beschränkungen mehr auf einem stillschweigenden Übereinkommen zwischen den Ländern, doch inzwischen beginnt man in vielen Staaten, sie gesetzlich zu verankern. Ich fand das gut, obwohl es den Erwerb von Kunstwerken erschwerte.

»Ging die Galerie eigentlich gut?« fragte ich. Ich wußte, daß sie klein, aber ausgesprochen chic gewesen war.
Vic nickte.
»Warum hat Frank sie dann aufgegeben?«
»Um dieses Museum zu gründen natürlich.«
Ganz so war es nicht gewesen. Carlos Bautista und mehrere seiner reichen Freunde hatten die Idee ausgebrütet und Frank angeheuert, sie in die Realität umzusetzen. Frank wiederum hatte mich eingestellt.
»Ich habe Frank immer als jemanden gesehen, dem Geld sehr wichtig war. Und so viel hat er doch hier nicht verdient. Es wundert mich, daß er bereit war, für diesen Posten eine lukrative Galerie aufzugeben.«
Vic zuckte die Achseln.
»Das war eine der Bedingungen, die an den Posten geknüpft waren, um einen Interessenkonflikt von vornherein zu vermeiden. Aber dafür bot die Stellung ja Prestige, und Frank hat stets jede Chance wahrgenommen, sich höheres Ansehen zu erwerben.«
War da nicht ein Hauch von Bitterkeit in Vics Ton?
»Außerdem«, fügte er hinzu, »hatte er seine Gewinne aus der Galerie gut angelegt. Er brauchte gar kein so hohes Gehalt.«
Das klang einleuchtend. Und Vic war über Franks Überlegungen sicher besser unterrichtet als jeder andere.
»Heute morgen«, sagte ich, »erwähnten Sie, daß Frank neben Rosa noch eine andere Frau hatte.«
Vic schüttelte den Kopf.
»Das hätte ich Ihnen nicht sagen sollen.«
»Wer ist die Frau?«
»Tut mir leid, aber darüber kann ich nichts sagen.«
»Vic, es ist vielleicht wichtig.«
Er machte ein erstauntes Gesicht. »Wofür?«
»Um herauszufinden, wer ihn getötet hat.«
»Aber nein. Das glaube ich nicht.«

»Wollen Sie es mir nicht sagen?«
»Elena, es gibt Dinge, über die ich nicht sprechen kann.«
Ich schwieg einen Moment. Dann sagte ich: »Die Polizei verdächtigt *mich*. Wußten Sie das?«
»Aber das ist ja lächerlich. Sie würden niemals einen Menschen töten.«
»Aber Sie haben Lieutenant Kirk erzählt, was ich zu Frank sagte – daß man ihn umbringen sollte. Warum haben Sie das getan, Vic?«
»Elena, es tut mir leid. Aber ich hielt es für besser, nichts zu vertuschen. Ich meine, wenn ich es nicht gesagt hätte, dann hätte sicher jemand anderer davon berichtet und das hätte nicht besonders gut ausgesehen.«
Ich fand, die Tatsache, daß er darüber gesprochen hatte, mache sich auch nicht besonders gut, aber ich hielt den Mund.
»Jetzt, wo ich zur geschäftsführenden Direktorin ernannt worden bin, wirkt es auf die Polizei noch verdächtiger.«
»Unsinn. Es war doch ganz logisch, daß man Ihnen den Posten übertrug. Und machen Sie sich wegen der Polizei kein Kopfzerbrechen; die werden den wahren Mörder schon finden, und dann können wir alle wieder ruhig an unsere Arbeit zurückkehren. Wollen wir wetten, daß man Ihnen den Posten des Direktors anbieten wird?«
Ich zuckte die Achseln. Im Augenblick war mir das ziemlich gleichgültig.
»Verachten Sie ihn nicht. Für jemand in Ihrem Alter ist das eine Riesengelegenheit.«
»Vielleicht.«
Ich dachte an meine neuen Pflichten und all die Dinge, die ich vor der Eröffnung noch erledigen mußte. Ich würde mich in den nächsten Tagen stark auf Vic verlassen müssen. Vielleicht sollte ich ihm Franks Schlüssel zum Museum geben. Aber irgend etwas hielt mich davon ab, das Thema aufs Tapet zu bringen. Fürs erste behielt ich beide Schlüssel.

Gähnend stand ich auf.
»Ich fahre jetzt nach Hause. Und Sie sollten das auch tun. Morgen wird ein harter Tag.«
Vic stand ebenfalls auf. Er nahm seine Jacke und ging mit mir hinaus. Der Nebel waberte immer noch über dem Rasen. Ich schaltete die Alarmanlage ein, und Vic und ich gingen durch den Nebel zu unseren Autos.

7

Ich fuhr natürlich nicht nach Hause. Ich fuhr quer durch die Stadt in das Viertel in der Nähe des Santa Barbara City College, wo Tony wohnte. Es war nicht gerade ein vornehmes Viertel, mit Schnellimbissen, Naturkostläden und anderen Geschäften, die auf die Bedürfnisse von Studenten zugeschnitten waren. Selbst um diese Zeit, bei diesem Nebel waren noch viele junge Leute unterwegs, spazierten herum oder standen diskutierend an Straßenekken. Es war noch gar nicht so lange her, daß ich selbst noch Studentin gewesen war, aber jetzt fühlte ich mich völlig fehl am Platz unter den vielen jungen Gesichtern. Ich fragte mich, warum Tony ausgerechnet in diese Gegend gezogen war, dann fiel mir ein, daß Susana an dem College zu studieren begonnen hatte.
Die Straße, in der Tony wohnte, bestand aus lauter Apartmentanlagen mit angestrahlten Fassaden und hochtrabenden Namen. Tonys hieß Lanai und war im Karree um einen Innenhof mit einem Schwimmbecken gebaut. Im Torbogen zum Innenhof hing ein Leuchter, der dem Kopf eines Tiki-Gottes nachgebildet war. Die nachgemachten hawaiischen Lampen im Hof waren im Nebel kaum zu erkennen.
Ich blieb am Schwimmbecken stehen und sah zu der Rei-

he von Wohnungen im ersten Stockwerk hinauf. Alle außer der mittleren waren dunkel. Ich trat näher heran und konnte die Nummer erkennen – 207. Das war Tonys Wohnung.

Halb ein Uhr nachts war keine gute Zeit, Besuche zu machen. Aber Tony war schließlich den ganzen Tag über unerreichbar gewesen. Ich konnte sagen, ich müsse ihn dringend wegen der gegenwärtigen Lage im Museum sprechen. Und wenn ich zu so nächtlicher Stunde aufkreuzte, würde das vielleicht einen gewissen Überraschungseffekt produzieren. Das war immer gut. Ich ging schon auf die Treppe zu, als ich von der Straße her das Zuschlagen von Autotüren und dann Schritte hörte.

Ich hörte Tonys Stimme. »Endlich zu Hause«, sagte er auf spanisch.

Ich sprang unter die Treppe, in den Schatten eines üppigen Fuchsienbusches.

Tony und Susana kamen durch den Torbogen und gingen über den Hof. Er trug einen Koffer. Seine schmalen Schultern hingen herab, als wäre er hundemüde. Susana lief in ihrer gewohnt hüpfenden Gangart neben ihm her und schnullte ihren Kaugummi. Sie stiegen die Treppe hinauf, und gleich darauf wurde die Wohnungstür zugedrückt.

Ich blieb unter der Treppe. Wo, um alles in der Welt, war Tony gewesen? Und wie lange war er weg gewesen? Wann hatte ich ihn zuletzt gesehen?

Ich dachte an vergangenen Nachmittag zurück. Ja, er war dagewesen, als wir gegen fünf Uhr den Lebensbaum aufgestellt hatten. Folglich hatte er weniger als zweiunddreißig Stunden Zeit gehabt zu verreisen – wohin?

Und was soll ich jetzt tun? Ich konnte natürlich hinaufstürzen und von ihm Auskunft darüber verlangen, wo er gewesen war. Aber um diese Zeit würde er mich wahrscheinlich gar nicht erst in die Wohnung lassen. Und wenn doch, würde er mich kaum darüber aufklären, was vorging, da er sich ja bereits alle Mühe gegeben hatte, es zu verheimlichen.

Wenn es mit Franks Ermordung zu tun hatte, konnte die Situation unangenehm werden, vielleicht sogar gefährlich.

Konnte Tony sich noch im Museum aufgehalten haben, als ich am vergangenen Abend gegangen war? Hatte er sich vielleicht mit Frank gestritten und ihn im Verlauf dieses Streits getötet? Wenn er dann irgendwie aus dem Museum hinausgekommen war, konnte er schnurstracks nach Hause gefahren sein, einen Koffer gepackt haben und getürmt sein. Aber wenn das stimmte, warum war er dann zurückgekommen? Nein, Tony war aus einem anderen Grund verreist, und Susana hatte die Reise mit seiner Krankmeldung vertuschen sollen. Mir fielen die häufigen anderen Krankmeldungen in den vergangenen sechs Monaten ein. Etwa alle drei, vier Wochen war Tony krank, und dann meist fünf oder mehr Tage lang. Vielleicht war Tony jedesmal in mysteriösen Geschäften unterwegs gewesen.

Ich kroch unter der Treppe hervor und sah zu der Wohnung hinauf. Das Licht im Wohnzimmer, dessen Vorhänge zugezogen waren, brannte noch. Ich war nur einmal, um Weihnachten herum, bei Tony gewesen, bei einer dieser gräßlichen Partys für Kollegen und Mitarbeiter. Im Rückblick zu dem Abend versuchte ich, mir die Einteilung der Wohnung ins Gedächtnis zu rufen.

Das Wohnzimmer nahm die ganze Länge der Wohnung ein und hatte auf der anderen Seite einen Balkon mit Blick auf den Parkplatz – wieder so eine Idiotie, die kalifornische Architekten dauernd begingen. Auch die Küche lag nach hinten hinaus und hatte eine Außentreppe zum Parkplatz. Ich lief aus dem Hof hinaus auf die Straße.

Am Bordstein stand Susanas kleiner Triumph. Ich ging hin und legte kurz die Hand auf die Kühlerhaube. Der Motor war heiß. Tonys Wagen stand wahrscheinlich in der Box, die zur Wohnung gehörte. Ich ging den Weg

hinunter zu den Boxen, fand seinen neuen Mustang und stellte fest, daß der Motor kalt war. Der Wagen hatte wahrscheinlich den ganzen Tag hier gestanden.
Die Vorhänge der Küche der Wohnung waren zugezogen, aber es schimmerte Licht hindurch. Ich schlich mich die Treppe zu dem kleinen Wirtschaftsbalkon hinauf. Das Fenster war gekippt, und ich konnte die Stimmen von Tony und Susana hören. Sie sprachen das abgehackte südamerikanische Spanisch, das durch den Zorn in ihren Stimmen noch härter klang. Ich schlich mich näher heran und spähte durch die Ritze zwischen den Vorhängen.
Tony stand an der Anrichte und schenkte sich eine Flüssigkeit, die wie Whisky aussah, in ein Glas. Susana stand in der Mitte der Küche, die Arme verschränkt, und klopfte mit einem Fuß auf den Boden. Sie warf ihre schwarze, gestylte Mähne zurück und sagte: »Was soll das heißen, du gibst es auf.«
»Genau das, was ich gesagt habe. Ich mache es nicht mehr.«
»Aber jetzt, wo Frank tot ist, gehört alles dir.«
»Mir, Robert und Vic.«
Sie machte eine wegwerfende Handbewegung. »Aber vor allem dir.«
Ich war baff. Das war nicht das alberne, ständig kichernde junge Ding, als das ich Susana kannte.
»Das spielt keine Rolle. Ich habe dir gesagt, für mich ist Schluß.«
Jetzt wurde Susana wieder das kleine Mädchen. Schmollend schob sie die Unterlippe vor.
»Und das Geld? Woher sollen wir das Geld für all die schönen Sachen nehmen?«
Tony trank aus seinem Glas und stellte es ab.
»Mach dir kein Kopfzerbrechen wegen des Geldes, Schatz. Jetzt werde ich Direktor. Da bekomme ich wesentlich mehr bezahlt als bisher.«

»Ja, aber als Direktor könntest du doch die anderen Geschäfte leicht weitermachen.«
Sein Gesicht verfinsterte sich.
»Schluß jetzt. Ich hasse diese Reisen. Ich habe mich entschieden.«
»Du bekommst den Job sowieso nicht«, rief Susana trotzig. »Jedenfalls nicht, solange Elena da ist. Sie wird schon dafür sorgen, daß du ihn nicht kriegst. Sie will ihn doch selbst haben.«
Sie sprach meinen Namen mit einer Giftigkeit aus, die mich bestürzte.
Tony ging zu ihr hin und legte ihr den Arm um die Taille.
»Wegen Elena brauchst du dir auch keine Gedanken zu machen. Das ist kein Problem.«
»Wenn uns nur das Geld nicht ausgeht.« Mit großen Kinderaugen sah sie zu ihm auf.
Tony streichelte ihr die Wange. »Nein, das Geld geht uns ganz sicher nicht aus, Kind. Du kannst alles haben, was du dir wünschst.«
»Auch einen Fernseher im Schlafzimmer? Und vielleicht eine Woche in Hawaii?«
»Ja, Schatz.«
»Maui. Da fahren die wirklich schicken Leute hin. Wir fliegen nach Maui, ja?«
»Ja, Schatz.« Seine Hand glitt ihren Hals hinunter zu ihren vollen Brüsten.
Das interessierte mich nun wirklich nicht. Ich wandte mich ab.
Der Abstand von dem kleinen Wirtschaftsbalkon zu dem Balkon vor dem Wohnzimmer war gering. Ich ging zum Eisengitter hinüber und sah zum Boden hinunter. Es war nicht weit hinunter, deshalb kletterte ich auf das Geländer und beschloß, es zu wagen. Einen Moment lang, als ich den Fuß schon auf dem anderen Geländer hatte und die

Arme ausstreckte, um mich hinüberzuziehen, zögerte ich. Dann schloß ich die Augen, zog und landete stolpernd auf dem Balkon.

Auf dieser Seite hatten sie die Vorhänge nicht zugezogen. Das Zimmer war ultramodern eingerichtet, fast ausschließlich Chrom und Glas. Nach Tonys Bemerkungen über die »anderen Geschäfte« sah ich mir das Mobiliar mit besonderem Interesse an. Sündteuer. Dieser Raum allein mußte Tausende gekostet haben. Außer den Designermöbeln sah ich eine Stereoanlage in einem Teakschrank, einen Fernsehapparat mit Video-Recorder, und an den Wänden echte Bilder. Das war nicht das Wohnzimmer des pädagogischen Beraters eines kleinen Museums, das ständig in Geldschwierigkeiten steckte.

An einer Tür, die, soviel ich mich erinnerte, ins Schlafzimmer führte, stand Tonys Koffer. Ich ging um einen Grillapparat und einen Liegestuhl herum zum Fenster und preßte die Nase ans Glas. Der Koffer hatte ein gelbes Etikett mit der Aufschrift LAX, die Codebuchstaben für Los Angeles International Airport. Leider gab mir das keinen Hinweis darauf, wo Tony gewesen war. Ich konnte noch einen zweiten Anhänger sehen, einen blauen, der durch ein Emblem gekennzeichnet war. Ich kniff angestrengt die Augen zusammen, aber ich konnte nur erkennen, daß es Ähnlichkeit mit einem Kompaß hatte.

Das Licht in der Küche erlosch. Tony und Susana erschienen an der Tür zum Wohnzimmer. Ich sprang vom Fenster zurück und stieß an den Grillapparat. Der dröhnte dumpf wie ein Gong.

»Was war das?« Tony war schon auf dem Weg zur Balkontür.

In panischem Schrecken sah ich mich um. In einer Ecke war Feuerholz gestapelt. Ich sprang hin und drückte mich hinter den Stapel. Das Licht auf dem Balkon ging an. Ich hielt den Atem an.

Die Glastür wurde aufgeschoben, Schritte waren zu hören. Nach einer Weile sagte Tony: »Hm.«
»Was war's?« rief Susana von drinnen.
»Keine Ahnung. Ich sehe nichts.«
»Wahrscheinlich war's eine Katze. Die springen dauernd vom Nachbarbalkon rüber.«
»Ja, wahrscheinlich. Ich sollte vielleicht mal mit der Verwaltung reden. In den Wohnungen sind Katzen nicht erlaubt.«
»Aber es ist eine nette Katze. Ich hätte am liebsten auch eine.«
»Keine Katzen, mein Kind«, sagte Tony mit Entschiedenheit.
Ich hörte, wie er hineinging, dann erlosch das Licht auf dem Balkon, die Tür fiel zu.
Langsam stieß ich den Atem aus. Das hätte gefährlich werden können. Wie hätte ich Tony morgens um ein Uhr meine Anwesenheit auf seinem Balkon erklären sollen? Und wie hätten die beiden wohl reagiert, wenn sie gemerkt hätten, daß sie von mir belauscht worden waren? Es sollte mir eine Warnung sein, in Zukunft vorsichtiger zu sein.
Fünf Minuten später, als das Licht im Wohnzimmer ausgegangen war, kletterte ich wieder zum Küchenbalkon hinüber und lief von dort zu meinem Wagen. Während ich durch dicken Nebel heimwärts fuhr, wirbelten mir die verrücktesten Gedanken durch den Kopf.
Tony, Vic, Frank und sein Bruder Robert hatten noch andere Geschäfte betrieben. Susana hatte gesagt, jetzt, wo Frank tot war, würde alles Tony gehören. Das mußte bedeuten, daß Frank in diesem Geschäft eine beherrschende Rolle gespielt hatte. Und die Geschäfte verlangten von Tony offensichtlich, daß er reiste. Wozu? Und wohin?
Nun, ich hatte immerhin einen Hinweis.
Ich stellte den Wagen in die Auffahrt und rannte ins Haus. Die Tageshitze hing noch in den Räumen, und die Wärme

tat mir nach dem feuchten Nebel draußen gut. Ich knipste das Licht im Wohnzimmer an und ging zum Schreibtisch. Mir zitterten die Hände vor Spannung, als ich das Branchenverzeichnis aus der Schublade zog.

Luftfahrtgesellschaften. Ich konnte nur hoffen, daß die Gesellschaft, mit der Tony geflogen war, groß genug war, um eine Anzeige mit ihrem Emblem im Verzeichnis zu haben. Ich fing ganz vorn an, bei Aer Lingus. Embleme gab es genug – Flügel, Gänse, Enten und Kiwivögel. Aber keinen Kompaß. TWA, Transamerica, UTA, United. Immer noch kein Kompaß. Ich blätterte um, und da war er, gleich oben. Varig Brasilian Airlines. »Täglich von USA nach Südamerika, Afrika und Japan.«

Das war ein weites Feld, aber ich tippte auf Südamerika, möglicherweise Bogotá, wo Tony herkam. Die Varig flog vom Internationalen Flughafen aus, und der Anhänger an Tonys Koffer besagte, daß er dort wieder angekommen war. Jetzt hieß es rechnen, und das war noch nie meine Stärke gewesen. Ich suchte mir einen Bleistift und ein Stück Schmierpapier.

Ans untere Ende des Blatts schrieb ich 0 Uhr 30, die ungefähre Zeit von Tonys Rückkehr. Wie lang dauerte die Fahrt vom Internationalen Flughafen Los Angeles hierher? Um diese Nachtzeit, wo der Verkehr nachgelassen hatte, ungefähr zwei Stunden. Ein Stück weiter oben schrieb ich also 10.30.

Gut. Eine weitere Stunde mußte ich für Gepäckabholung und Zoll abrechnen. Ich schrieb also 9.30.

Das war es. Ich brauchte einen Varig Flug, der gegen 21 Uhr 30 am Internationalen Flughafen in Los Angeles ankam. Die Varig hatte einen Informations- und Buchungsdienst rund um die Uhr. Ich zog mir das Telefon heran und wählte.

Als eine schläfrige Stimme sich meldete, sagte ich: »Ich hätte gern eine Auskunft über Ihre Flüge von Bogotá. Soviel ich weiß, haben Sie eine Maschine, die gegen einundzwanzig Uhr dreißig ankommt.«

»Nach oder von Bogotá?«

»Von Bogotá.«
»Einen Augenblick bitte.« Ich hörte gedämpfte Geräusche aus dem Hintergrund. Es klang, als tippe er. »Tut mir leid«, meldete er sich dann. »Unser Flug aus Bogotá trifft um neunzehn Uhr fünf hier ein.«
»Tatsächlich? Ich dachte, es gäbe eine Maschine, die gegen halb zehn ankommt.«
»Nein, laut Computer um neunzehn Uhr fünf, Madam.«
»Und was für eine Maschine kommt um halb zehn an?«
»Sie wollten doch wissen, was aus Bogotá kommt . . .«
»Könnten Sie so nett sein und feststellen, wo die Maschine, die um halb zehn eintrifft, herkommt? Wenn ich das nicht weiß, tue ich die ganze Nacht kein Auge zu.«
Zu meiner Überraschung lachte er.
»Kann ich verstehen. Bleiben Sie dran.« Wieder hörte ich das Tippen im Hintergrund. »Es handelt sich um unseren Flug aus Rio. Der trifft um einundzwanzig Uhr siebenundvierzig ein.«
»Rio?« Ich war schon in Rio gewesen. Man flog mehr als dreizehn Stunden. Unmöglich konnte Tony innerhalb von zweiunddreißig Stunden einen solchen Trip gemacht haben.
»Landet die Maschine unterwegs irgendwo?«
»Ja. In Lima, Peru.«
»Lima. Und wie lange fliegt man von dort noch?«
»Ungefähr sieben Stunden.«
Das hatte Tony leicht schaffen können.
»Und wann geht der Flug nach Lima hier weg?«
»Um zweiundzwanzig Uhr achtunddreißig.«
»Vielen Dank«, sagte ich. »Sie waren wirklich sehr freundlich.«
»Möchten Sie eine Buchung machen?«
»Äh – nein. Ich muß mir das noch einmal überlegen.«
»Gut. Ich hoffe, Sie können jetzt wenigstens schlafen, wo Sie über sämtliche Flüge Bescheid wissen.«
»Bestimmt.«

»Na, dann träumen Sie was Schönes.«
Er glaubte wahrscheinlich, ich gehörte zu diesen einsamen Menschen, die mitten in der Nacht irgendwo anrufen, damit sie eine menschliche Stimme hören.
Tony war also in Lima gewesen, in Peru. Jetzt konnte ich den Ablauf der Ereignisse zumindest grob rekonstruieren.
Tony war am vergangenen Tag irgendwann nach fünf Uhr abends nach Hause gekommen, und Susana hatte ihn zum Internationalen Flughafen von Los Angeles gefahren. Er mußte spätestens um halb acht aus Santa Barbara weggefahren sein, wenn er diesen besonderen Flug hatte erreichen wollen. Theoretisch hätte er da noch Zeit genug gehabt, um Frank zu töten. Ich hatte allerdings meine Zweifel. Tony war nicht clever genug, um eine Möglichkeit zu finden, das Museum zu verlassen, die weder die Polizei noch ich bis jetzt entdeckt hatten. Aber darüber wollte ich mir später den Kopf zerbrechen.
Okay, Tony war also nach Lima geflogen und hatte wahrscheinlich in seinem Hotel oder wo er sonst gewohnt hatte, geschlafen, als Susana angerufen hatte, um ihm mitzuteilen, daß Frank tot war – oder daß die Leiche gefunden worden war. Da seine Abwesenheit Verdacht erregen mußte, hatte er die nächste Maschine nach Los Angeles genommen, und Susana hatte ihn den ganzen Tag gedeckt, indem sie einfach nicht ans Telefon und an die Tür gegangen war.
Aber wäre er zurückgekehrt, wenn er Frank getötet hätte? Vielleicht – wenn er glaubte, man würde ihn nicht verdächtigen.
Aber warum dann überhaupt erst nach Lima fliegen? Steckte jedesmal, wenn Tony sich krank meldete, eine solche Reise dahinter? Und flog er immer nach Lima oder auch in andere Städte? Und warum unternahm er diese Reisen?
Was immer auch der Grund war, ich hatte das Gefühl, daß etwas Verbotenes dahintersteckte.

8

Am folgenden Morgen war die Zeitung voll von Berichten über den Mord an Frank de Palma. Die Meldungen waren sachlich, doch ein Unterton der Frage schwang in ihnen. Warum war dies praktisch am Vorabend der Eröffnung des Museums geschehen? Was hatte der Direktor noch in den Ausstellungsräumen zu tun gehabt, nachdem das Museum geschlossen hatte? Gehörte jemand vom Personal zu den Verdächtigen? War es möglich, daß der Direktor selbst an seiner Ermordung schuld war?

Ich fragte mich, ob die Fragen so spärlich bemäntelt worden wären, wenn wir nicht ein Minderheitenmuseum gewesen wären. Und ich fragte mich weiter, was Publicity dieser Art für uns bedeuten konnte.

Als offizielle Vertreterin des Museums mußte ich der Familie de Palma einen Kondolenzbesuch machen. Ich pusselte bis fast elf Uhr im Haus herum, ehe ich mich in den Wagen setzte und nach Norden hinausfuhr.

Die Familie de Palma lebte in einem weiträumigen, ebenerdigen Bungalow in einer der Straßen, die sich gewunden zu einer Anhöhe oberhalb von Santa Barbara Point hinaufzogen. Es war nicht Montecito, wo Isabel in einsamer Pracht in ihrem Herrenhaus spanischen Stils lebte, aber es war nicht übel für einen Jungen, der aus dem *barrio* stammte. Vor zwanzig Jahren hätten die Immobilienmakler jeden mit einem Nachnamen wie de Palma von dieser Gegend weggelotst. Aber die Zeiten hatten sich geändert, und Franks Nachbarn fanden es ganz interessant, ein Mitglied der schikken Kunstszene in ihrer Umgebung zu haben. Ich bezweifelte allerdings, daß sie Frank zu ihren Festen einluden.

Franks Bruder Robert machte mir die Tür auf. Er hatte ein griesgrämiges Gesicht mit schweren Hängebacken, und das Haar fiel ihm in fettig wirkenden Strähnen um den Kopf. In seinen dunklen Anzug war er hineingepreßt wie die Wurst

in die Pelle. Dennoch betrachtete ich ihn mit neuem Interesse. Das war nicht einfach der dicke Robert; das war auch der Mann, der zusammen mit seinem Bruder, Vic und Tony dunkle Geschäfte gemacht hatte.
Robert begrüßte mich mürrisch und führte mich ins Wohnzimmer, einen großen Raum mit vielen schweren Polstersesseln. An den Wänden hingen abstrakte Gemälde unserer bekannteren zeitgenössischen Maler. Ich sah sie mir genau wie zuvor Robert mit neuem Interesse an. Zugegeben, Frank hatte eine Galerie besessen und sich darauf verstanden, die Preise zu drücken, aber die Bilder konnten dennoch nicht billig gewesen sein.
Rosa de Palma und Maria saßen, beide in Schwarz, auf dem breiten Sofa. Rosas rundliches, aber immer noch hübsches Gesicht, war vom Weinen aufgeschwollen. Maria winkte mir beinahe heiter zu, und ich sah, daß Robert ihr einen wütenden Blick zuwarf. Rosa stand stöhnend auf. Dann stürzte sie durch das Zimmer auf mich zu und warf mir schluchzend die Arme um den Hals. Ich klopfte ihr auf den Rücken und murmelte Worte des Beileids. Die Szene erinnerte mich an die emotionsgeladenen Beerdigungen meiner Kindheit, wo die Verwandten ihren Schmerz herausgeschrien hatten – und mit uns nach Hause gekommen waren, um sich zwei Stunden später am kalten Buffet vollzustopfen.
Maria ließ einen Laut der Ungeduld hören und kam zu uns herüber. Sie befreite mich aus Rosas Umklammerung und führte ihre Tante zum Sofa zurück. Durch einen Torbogen im hinteren Teil des Zimmers trat Jesse mit einem Kaffeetablett ein. Ich starrte ihn verdutzt an.
Jesse grinste leicht verlegen und stellte das Tablett auf den Couchtisch.
»Ja, so werde ich zur Hausfrau erzogen.«
Rosa schneuzte sich. »Das hätte doch Maria tun können.«
»Maria tut schon zuviel.«
»Arbeit kann dem Mädchen nicht schaden.«

Jesse zuckte nur die Achseln und machte sich daran, den Kaffee einzuschenken. Ich ließ mich auf einem Sitzkissen nieder und nahm eine Tasse an. Robert blieb am Kamin stehen, einen Ellbogen auf den Sims gestützt. Als Jesse ihm Kaffee anbot, lehnte er mit einem Kopfschütteln ab.
»So, Elena«, sagte Rosa, »Sie übernehmen jetzt also Franks Posten.«
»Ich bin geschäftsführende Direktorin, ja.«
»Das ist gut. Das Museum muß bleiben. Es war der Traum meines Mannes, seine *inspiración.*«
Lieber Gott, glaubte die Frau das wirklich? Sie stellte ihren heuchlerischen Mann als eine Art Visionär dar. Ich sah zu Jesse hinüber, der wie gebannt in seine Kaffeetasse starrte. Von Maria kam ein schwaches Geräusch, das wie ein Prusten klang. Selbst Robert trat unbehaglich von einem Fuß auf den anderen. Als ich Rosa wieder ansah, trafen sich unsere Blicke. Ihre Augen waren hart, eine stumme Warnung, ihr ja nicht zu widersprechen.
Sie weiß Bescheid, dachte ich. Sie weiß, was für ein Mensch er war, aber sie wird es niemals zugeben. Rosa de Palma war aus dem Stoff gemacht, der Chicano-Familien zusammenhielt, die ihren Stolz und ihre Würde bewahrten, ganz gleich, was geschah. Ich bewunderte – und bemitleidete – sie.
Ich wandte mich Jesse zu.
»Es tut mir leid, daß ich jetzt vom Geschäft sprechen muß, aber wir brauchen Sie heute im Museum. Wir möchten gern, daß Sie noch einige Ihrer *camaleónes* bei uns ausstellen.«
»Ah ja, natürlich.«
Ich hatte befürchtet, er würde fragen, wo. Aus naheliegenden Gründen wollte ich den Volkskunstsaal nicht erwähnen. Doch der *árbol de la vida* war ruiniert, und irgend etwas mußte vor der Eröffnung seinen Platz einnehmen. Ich hatte beschlossen, dann wenigstens Jesses farbenfreudige Fabelwesen zu fördern.
»Können Sie das heute noch schaffen?« fragte ich.

Er nickte. »Ich habe ein paar *camaleónes* in meinem Atelier, die sich mit den schon ausgestellten gut ergänzen. Vielleicht ist es am besten, wenn ich gleich anfange?«
Er schien erleichtert, einen Vorwand zu haben, sich aus dem Staub zu machen.
»Ja, das wäre gut. Für den Fall, daß es Probleme geben sollte.«
Jesse stand auf. Er gab Rosa die Hand. Sie dankte ihm überschwenglich für alles, was er getan hatte. Maria begleitete ihn hinaus. Als die beiden an Robert vorüberkamen, nickte der Jesse nur kurz zu.
Sobald die beiden hinausgegangen waren, verließ Robert seinen Platz am Kamin und setzte sich neben Rosa.
»Wurde langsam Zeit, daß der Kerl geht«, murmelte er mit zusammengekniffenen Augen.
Rosa tätschelte seine Hand. »Reg dich nicht auf, Roberto. Das legt sich wieder. Das ist nur eine *infatuación.*«
Er knurrte etwas Unverständliches.
»Wenn ich nicht irre«, bemerkte ich, »mögen Sie Jesse nicht besonders.«
»Er ist ja ein ganz netter Junge, aber für Maria ist er nicht der Richtige. Ein flatterhaftes Ding wie sie braucht einen älteren, gesetzteren Mann.« Wieder tätschelte sie Robert die Hand.
Robert sah sie zornig an.
»Wie kannst du behaupten, er wäre ein netter Junge. Nach dem, was er meinem Bruder angetan hat!«
»Schon gut. Sei still.«
Jesse hatte Frank etwas angetan? »Was ist denn passiert?«
Sie tauschten einen Blick. »Ach, das ist längst vorbei«, sagte Rosa.
»Vorbei ja«, warf Robert ein, »aber nicht vergessen. Der Kerl ist handgreiflich geworden. Hat Frank ein blaues Auge geschlagen. So was vergißt man nicht so leicht.«
»Du lieber Gott! Wann war denn das?«

»Vor zwei Monaten ungefähr. Unmittelbar vor Franks Urlaub. Er ist dann früher gefahren, damit er nicht noch einmal ins Museum gehen und Erklärungen abgeben mußte.«
Ich erinnerte mich, daß Frank sich am Freitag vor dem Beginn seines Urlaubs krank gemeldet hatte. Ich hatte das damals für einen Vorwand gehalten, damit er mit seiner Familie früher abreisen konnte. Diese Geschichte jedoch warf ein neues Licht auf seine Abwesenheit und leider auch auf Jesses Beziehung zu unserem ehemaligen Direktor. Jesse hatte zugegeben, daß er mehrmals mit ihm in Streit geraten war – aber Tätlichkeiten? Mir fiel wieder Jesses Jähzorn ein. Wie viele solcher Streitigkeiten hätte es wohl gebraucht, um zu bewirken, daß er sich vergaß?
Maria kam zurück und knallte die Tür zu. Sie ging bis zur Mitte des Zimmers, dann blieb sie mit blitzenden Augen stehen.
»Ich hab gehört, was ihr über Jesse gesagt habt.«
Rosa seufzte. »Maria, Roberto hat doch nur erzählt, wie es war.«
»Er hatte kein Recht dazu! Wozu braucht sie« – sie wies auf mich – »das zu wissen?«
»Warum regt dich das so auf?«
»Weil es ein schlechtes Licht auf meinen Verlobten wirft.«
Robert hielt einen Moment die Luft an und begann dann zu husten.
»Seit wann ist er dein Verlobter?« fragte Rosa.
»Seit gestern. Mein Onkel ist tot. Er kann mich jetzt nicht mehr daran hindern zu heiraten.«
Rosas Gesicht lief rot an.
»Hast du überhaupt keinen Respekt? Das Andenken deines Onkels so –«
»Warum sollte ich Respekt haben? Hatte er vielleicht Respekt für mich, für meine Liebe zu Jesse?«
Robert sprang auf, doch Rosa zog ihn wieder auf das Sofa.
»Maria«, sagte sie ruhig, »die Kinder brauchen dich.«

»Die Kinder! Irgend etwas ist immer.«
»Maria, geh jetzt und sieh nach den Kindern.«
»Ich hab es satt –«
»Geh jetzt!«
Ich hätte vor dem Zorn in Rosas Blicken schleunigst die Flucht ergriffen. Doch Maria lachte nur verächtlich und wackelte dann betont langsam durch den Torbogen aus dem Zimmer. Wenig später fiel krachend eine Tür zu, und Rosa brach in Tränen aus.
Jetzt war es an Robert, Rosa die Hand zu tätscheln. Ich rutschte unbehaglich auf meinem Sitzkissen hin und her, sah verstohlen auf die Uhr und überlegte, wie ich mich jetzt am besten davonmachen könnte. Marias Demonstration von Trotz und Verachtung hatte mich überrascht. Solange Frank noch gelebt hatte, war sie mürrisch und unfreundlich gewesen, doch ihr Widerstand hatte sich auf schnippische Bemerkungen und wütende Blicke beschränkt, wenn er nicht dabei war. Sein Tod hatte offenbar die ganze angestaute Wut freigesetzt.
Oder hatte die Freisetzung der Wut, aus welchem Grund auch immer, zu seinem Tod geführt?
»Sie ist undankbar«, sagte Robert zu Rosa.
Rosa seufzte. »Vielleicht waren wir zu hart mit ihr.«
»Mit Mädchen dieses Typs muß man hart sein. Ihr habt sie bei euch aufgenommen. Ihr habt ihr eine Chance gegeben, ihre Fehltritte wiedergutzumachen. Und so dankt sie euch dafür!«
Ihre Fehltritte? Ich hüllte mich in Schweigen.
»Vielleicht, wenn sie in Mazatlán geblieben wäre«, meinte Rosa. »Wenn sie den Jungen geheiratet, ihr Baby bekommen hätte ...«
»Der Junge wollte sie nicht heiraten. Er behauptete, jeder könne der Vater sein – und Maria gab das auch zu.«
»Aber eine Abtreibung!« Rosa bekreuzigte sich. »Als meine Schwester es erfuhr, war sie außer sich.«

Plötzlich fiel Roberts Blick auf mich. Bis zu diesem Augenblick hatten sie miteinander gesprochen, als hätten sie meine Anwesenheit völlig vergessen.
»Das ist jetzt alles aus und vorbei«, erklärte er mit Entschiedenheit. »Sie ist zu euch gekommen und hat sich in der Handelsschule gut gemacht. Sie hat eine gute Stellung. Wenn sich der Unsinn mit diesem Jesse erst gelegt hat, kommt alles wieder ins Lot. Im Moment ist sie wahrscheinlich einfach wegen Franks plötzlichem Tod durcheinander – genau wie wir alle.« Während er sprach, sah er mich die ganze Zeit unverwandt an.
»Ja, Rosa«, sagte ich. »Maria ist noch sehr jung. In ihrem Alter machen wir alle Fehler. Ich weiß noch –« Hier brach ich ab. Mir fiel nichts ein, was ich in diesem Alter Schlimmeres angestellt hatte – und wäre mir etwas eingefallen, so hätte ich es diesen Leuten nicht sagen wollen.
Ich stand auf, nahm Rosa kurz in den Arm und ging zur Tür.
»Machen Sie sich wegen des Museums nur keine Sorgen, Rosa. Die Eröffnungsfeier wird genauso stattfinden, wie Frank es sich gewünscht hätte. Und wenn Sie wissen, wann die Beerdigung ist, dann geben Sie uns bitte Bescheid.«
Rosa nickte zerstreut. Robert stand auf und brachte mich hinaus. Vor der Haustür legte er mir die Hand auf die Schulter, um mich aufzuhalten.
»Sie werden doch nichts von dem weitersagen, was Sie gehört haben, Elena?«
»Natürlich nicht.« Es sei denn, es erwies sich als wichtig für die Ermittlungen der Polizei.
Ich schlüpfte unter Roberts Hand weg und lief zu meinem Wagen. Maria war wahrhaftig kein Engel. Aber daß ein braves katholisches Mädchen sich mit sämtlichen Jungen der Stadt einläßt und dann abtreibt, besagt noch lange nicht, daß sie auch fähig ist, ihren Onkel zu ermorden. Jedenfalls nicht unbedingt.

Wie dem auch sein mochte, der Morgen war aufschlußreich gewesen.

Als ich ins Museum kam, saß Isabel an Marias Schreibtisch und las mit Interesse in einem Kunsthändlerkatalog. Sie blickte auf, als ich hereinkam. Ihre Augen waren von dunklen Schatten umrandet. Trotz ihrer Müdigkeit war ihr Haar so wohlfrisiert, ihr weißes Tenniskleid so makellos wie immer.

»Dieser Lieutenant Kirk hat angerufen und nach Ihnen gefragt, Elena.«

»Ach? Was wollte er denn?«

»Mit Ihnen sprechen. Er sagte, er sei jetzt ein paar Stunden unterwegs, aber Sie möchten bitte heute nachmittag um vier zu ihm ins Büro kommen.«

»Ganz schön gebieterisch, wie?«

Ich versuchte, es auf die leichte Schulter zu nehmen, aber ich konnte mich dem Gefühl des Gehetztseins, das sich über mich senkte, nicht entziehen. Und ich konnte auch Isabel nicht täuschen. Sie nickte mit einem Ausdruck des Mitgefühls und wandte sich wieder ihrem Katalog zu.

Ich sah mich im Vorzimmer um. Durch die offene Tür seines kleinen Zimmers sah ich Tony, der zurückgelehnt in seinem Sessel saß, die Füße auf dem Schreibtisch, den Kopf in einer Wolke aus Zigarettenqualm. Und so was wollte Museumsdirektor werden! Also, dazu würde es ganz sicher nicht kommen – jedenfalls nicht, wenn es mir gelang, den Grund und Zweck der geheimen Reisen nach Südamerika herauszufinden. Ich griff nach dem Adreßbuch auf Marias Schreibtisch und suchte die Karte für das Reisebüro heraus, mit dem das Museum zusammenarbeitete. Als ich sie hatte, riß ich sie heraus und nahm sie mit in mein Büro.

Ich schloß die Tür und wählte. Man verband mich mit einer Mrs. deLano, die für uns zuständig war. Ich erklärte ihr, ich versuche festzustellen, welche von Mr. Ibarras Flugschei-

nen nach Südamerika bereits bezahlt seien und welche noch offen. Mrs. deLano holte ihre Unterlagen.
»Es ist alles bezahlt, Miss Oliverez. Sieben Erster-Klasse-Billetts zu verschiedenen Orten in Südamerika. Wir freuen uns über Ihre Aufträge.«
Erster Klasse!
»Mrs. deLano, können Sie mir die Nummern der Schecks geben, mit denen die letzten beiden Flugscheine bezahlt wurden?«
»Ja. Augenblick.« Sie raschelte mit irgendwelchen Papieren, dann las sie mir die Nummern vor.
»Erinnern Sie sich, ob beide von Mr. Leary unterschrieben waren?«
»Ich glaube schon. Im allgemeinen ist es so.«. Sie hielt einen Moment inne. »Gibt es irgendwelche Probleme?«
»Nein, nichts, was Sie betrifft. Unsere Akten sind ein bißchen in Unordnung geraten bei der ganzen Umzieherei.«
»Das kann ich verstehen. Ich habe von der Sache mit Mr. de Palma gehört. Das ist ja wirklich schlimm. Es tut mir sehr leid. Halten Sie Ihre Eröffnungsfeier trotzdem?«
»O ja, auf jeden Fall.«
Als ich auflegte, war ich traurig. Sie hatten also alle mitgemacht – was immer es auch sein mochte: Frank, Tony, Robert und Vic. Gerade an Vics Beteiligung hatte ich nicht glauben wollen. Vic, der sanfte, schwermütige Mann, der mich wie eine Tochter behandelte. Ich erinnerte mich an unser Gespräch am vergangenen Abend und meinen – zu diesem Zeitpunkt unverständlichen – Widerwillen, ihm den zweiten Schlüssel zum Museum anzuvertrauen. Der Widerwillen war nur allzu gerechtfertigt gewesen.
Was sollte ich mit meinem Wissen anfangen? Ich konnte damit zur Polizei gehen. Aber erst wollte ich mit Carlos Bautista sprechen. Carlos war allerdings ein sehr emotionaler Mann. Wenn ich ihm erzählte, was ich erfahren hatte, würde er wahrscheinlich außer Rand und Band geraten, und späte-

stens morgen würde alles in den Zeitungen breitgetreten werden. Ein Skandal so bald nach Franks Ermordung würde uns jedoch ruinieren.

Was sollte ich tun?

Unter anderen Umständen hätte ich es von meinen Kollegen ausgesprochen dumm gefunden, sich des Reisebüros zu bedienen, mit dem das Museum zusammenarbeitete, und dann auch noch mit den Schecks des Museums zu bezahlen. Aber da sie ja alle miteinander unter einer Decke gesteckt hatten – möglicherweise gehörte auch Maria zu ihnen –, war das für sie kein allzu großes Risiko gewesen. Der Verwaltungsrat prüfte die Bücher einmal im Jahr. Ich sah sie mir niemals an; ich verstand sie nicht. Außerdem wurden die Bücher im Safe aufbewahrt, wo kein unbefugtes Auge Einblick nehmen konnte. Ich hatte ja selbst gesehen, wie Vic sie am vergangenen Abend eingeschlossen hatte. Er hatte wahrscheinlich nur so lange gearbeitet, um die Bücher zu frisieren. Er wußte, daß sie nach Franks Tod geprüft werden würden.

Wäre Frank nicht gerade in einer Zeit ermordet worden, als Tony in Peru gewesen war, hätte ich vermutlich niemals etwas gemerkt. Und der Verwaltungsrat ebensowenig, weil Vic alle Diskrepanzen vertuscht hätte.

Meine Überlegungen kehrten zu der Frage des zweiten Schlüssels zurück. Bis alles aufgeklärt war, mußte er an einem sicheren Ort verwahrt werden. Ich ging in Franks Büro. Der Schlüsselbund hing immer noch an seinem Haken. Ich nahm ihn herunter und streifte dabei mit der anderen Hand einen Schmutzfleck an der Wand. Wir waren noch keinen Monat im Haus, und schon zeigten sich die ersten Spuren von Schlamperei und Achtlosigkeit. Spiegelung der Charakterlosigkeit der Benutzer des Hauses?

Schluß mit den finsteren Gedanken, Elena, sagte ich mir streng. Es war Zeit nachzusehen, wie Jesse drüben im Volkskunstsaal vorankam.

Er spannte gerade einen Draht, an dem er eines seiner *camaleónes* aufhängen wollte. Vic, der letzte, den ich jetzt sehen wollte, war bei ihm. Als die beiden sich nach mir umdrehten, wich ich Vics Blick aus. Erst als ich spürte, daß er mich ansah, erwiderte ich seinen Blick. Sein Gesicht war grau und angestrengt, seine Hose war zerknittert, die Strickjacke war falsch geknöpft.

Vic war offenbar auch nicht erpicht darauf, mich zu sehen. Er entschuldigte sich ziemlich abrupt, murmelte etwas davon, daß er noch verschiedene Rechnungen zu zahlen hätte, und ging. Ich wandte mich Jesse zu.

Er hob ein leuchtendes *camaleón* hoch und befestigte es an dem Draht. Es war eine Art Pegasus. In seinen Flügeln fing sich der leichte Luftzug, der aus dem Ventilationssystem in die Höhe stieg, und es begann sich langsam zu drehen, während Jesse zurücktrat. Wie gewöhnlich lag ein Ausdruck von Ehrfurcht und Bewunderung in seinem Blick, und ich war plötzlich angewidert. Hielt er sich denn für einen so großartigen Künstler? Die camaleónes waren hübsch, aber zum Picasso machten sie ihn noch lange nicht.

Jesse mußte mein Gesicht gesehen haben. »Was ist denn?« fragte er.

Ich zuckte die Achseln. Am besten, ich packte den Stier gleich bei den Hörnern.

»Ich hab bei den de Palmas ein paar schlimme Dinge gehört, nachdem Sie gegangen waren.«

»Ach was?«

»Ja. Über Sie. Und über Maria.«

»Sie meinen, daß wir uns verlobt haben? Eine Verlobung würde ich nicht unbedingt als etwas Schlimmes bezeichnen.«

»Nein, um die Verlobung handelt es sich nicht. Es geht um Franks blaues Auge. Das Sie ihm verpaßt haben.«

Sein Gesicht verschloß sich augenblicklich, und er wandte

sich wieder dem *camaleón* zu. »Wer hat das denn aufs Tapet gebracht?«
»Robert.«
»Typisch. Er würde selbst gern Maria heiraten.«
»Darum geht es nicht, Jesse. Das Entscheidende ist, daß Ihre Auseinandersetzungen mit Frank viel ernster waren, als von Ihnen dargestellt.«
»Und?«
»Und wenn man einmal zuschlägt, wird man vielleicht auch –«
Er fuhr herum. Die dunklen Augen waren eisig vor Zorn. »Wollen Sie damit vielleicht sagen, ich hätte Frank umgebracht?«
»Ich will Ihnen damit nur sagen, wie die Polizei das sehen wird.«
»Und wie soll sie davon erfahren?«
»Wenn ich es erfahren habe, wird sie es früher oder später auch erfahren.«
»Besonders, wenn Sie es ihr erzählen.«
»Habe ich gesagt, daß ich das tun werde?«
»Das brauchen Sie gar nicht. Die Polizei verdächtigt Sie, und Sie werden zweifellos alles tun, um Ihre Haut zu retten.«
Zweifellos. »Das nächste, was ich zu hören bekam, waren einige Details aus Marias bunter Vergangenheit. Wissen Sie davon?«
»Wir haben keine Geheimnisse voreinander. Sicher, sie hat über die Stränge geschlagen. Sie ist die älteste von ich weiß nicht wie vielen Geschwistern. Lauter Jungen. Ihre Eltern ignorierten sie. Sie wollte einfach Aufmerksamkeit.«
»Na, die hat sie ja wohl in reichem Maß bekommen.«
»Jetzt hören Sie mal, Elena, warum moralisieren Sie eigentlich so? Sie sind doch selber nicht gerade eine Heilige. Gewiß hat Maria Fehler gemacht. Aber wenn Sie behaupten wollen, sie hätte mit Franks Tod etwas zu tun gehabt, dann vergessen Sie's. Abtreibung ist kein Mord.«

»Es gibt Leute, die das anders sehen.«
Die Worte hingen schwer in der Stille des Raumes. Jesse und ich starrten einander stumm an. Ich wollte nicht mehr mit ihm streiten. Das brachte uns nicht weiter. Abrupt machte ich kehrt und ging aus dem Saal.
Innerlich kochte ich. Meine Zähne waren so fest zusammengebissen, daß mir der Kiefer weh tat. Meine Hände waren zu Fäusten geballt, die Fingernägel schmerzhaft in die Handballen gegraben. Irgendwie mußte ich meinen mühsam unterdrückten Zorn, diese schreckliche innere Anspannung loswerden. Ich beschloß, in den Keller zu gehen und mich beim Aufräumen auszutoben.
Als Kustos in einem Museum muß man viele solche Arbeiten erledigen. Sie sind oft langweilig, eintönig, schwierig und ungefähr genauso unterhaltsam wie Fensterputzen. Aber solche Arbeit hat immer auch etwas Beruhigendes. Wenn ich winzige Staubkörnchen von einem Standbild entferne oder ein altes Kirchenmanuskript auf Moder durchsehe, gleite ich unversehens in einen Zustand der Ruhe, in dem ich meine Gedanken wandern lassen kann, wohin sie wollen. Und genau diese Art von natürlichem Beruhigungsmittel brauchte ich jetzt.
Leider mußte ich, ehe ich überhaupt an unsere Kunstgegenstände herankommen konnte, schuften wie ein Möbelpakker. Im Keller lag alles in wüstem Durcheinander beisammen, ein Wirrwarr von Kisten und Kartons und Büromöbeln. Die Trümmer des *árbol de la vida* lehnten an einer Kiste in der Mitte des Raums. Auf dem Karton gleich bei der Treppe hatte jemand eine Taschenlampe liegengelassen. Ich nahm sie mit nach vorn. Ich wollte in der entferntesten Ecke mit meinen Sichtungsarbeiten anfangen. Wenigstens waren dort die Regale sauber und leer. Ich konnte einige Kartons auspacken und feststellen, wo welche Dinge untergebracht waren.
Nur die Gegenstände unserer Sammlungen, die wir zur Er-

öffnung ausstellen wollten, hatte ich selbst gepackt. Dank der großzügigen Spende eines unserer Verwaltungsratsmitglieder hatten wir eine Umzugsfirma engagieren können, die die übrigen Sachen gepackt und befördert hatte. Der Haken war nur, daß ich nicht wußte, welche Gegenstände in welchen Kartons waren. Ich legte die Taschenlampe auf ein Regalbord, um möglichst viel Licht zu haben, und riß dann den Klebestreifen des nächststehenden Kartons auf.

Das waren unsere olmekischen Jadefigurinen. Gut. Die würden sich nach der Eröffnung, wenn ich die prähispanischen Stücke wegnahm, gut in der großen Glasvitrine ausnehmen. Ich stellte die Figuren – eine Kreuzung zwischen Menschen und Jaguaren – vorsichtig auf das Regalbord.

Der nächste Karton war nicht von der Umzugsfirma. Ich erkannte ihn überhaupt nicht. Das wunderte mich nicht weiter. Wir waren ein kleines Museum, dennoch hatten wir tagelang gepackt und mit der Zeit den Überblick verloren. Ich griff hinein und packte eine Statue der aztekischen Erdgöttin Coatlicue aus.

Starrte sie an. Drehte sie in den Händen. Betastete sie staunend.

Diese Statue war nicht aus unseren Sammlungen. Ich hatte sie nie zuvor gesehen.

Hastig stellte ich sie aufs Regal und griff nach dem nächsten in Filz eingeschlagenen Gegenstand. Wieder war es eine aztekische Figur, des Gottes der Blumen und der Musik diesmal. Er blickte mich durch die Totenmaske an, die diese Gottheit stets trägt. Es war eine wunderschöne alte Figur, zweifellos sehr wertvoll und mir völlig unbekannt.

Ich riß die anderen Kartons auf und fand prähispanische Figuren, religiöse Gemälde aus der Kolonialzeit, spanische Kreuze, peruanische Goldschmiedearbeiten; silberne *milagros* – Weihgaben – wie die, die ich in meiner privaten Sammlung hatte; Graburnen, Tanzmasken, Fruchtbarkeitssymbole.

Und nicht ein einziges dieser Stücke hatte ich je zuvor gesehen.

9

Ich hockte mich auf eine Kiste und betrachtete meinen Fund. Einige Gegenstände, wie die silbernen *milagros* waren aus Mexiko, die meisten jedoch stammten aus Südamerika. Südamerika, wohin Tony häufig auf Kosten des Museums gereist war.
Hatte er all diese Kunstgegenstände in die Vereinigten Staaten eingeschmuggelt? Nein, das wäre unnötig gewesen, die meisten fielen nicht unter die Kategorie nationaler Kunstschätze. Und jene, die darunter fielen, gehörten zu der Sorte, die an Museen verkauft werden durfte. Und Tony hatte ja beweisen können, daß er unser Vertreter war. All diese Kunstgegenstände waren wahrscheinlich legal gekauft worden – mit Geldern des Museums, davon war ich überzeugt.
Nur war *ich* eigentlich diejenige, die für alle Neuerwerbungen zuständig war.
Ich hatte mich bemüht, mit unserem Bestand zurechtzukommen. Ich hatte Stunden damit zugebracht, mir neue und reizvolle Arrangements für dieselben alten Stücke auszudenken. Ich träumte häufig in der Nacht davon, ein paar wirklich gute Landschaften der Reformperiode zu erwerben. Und indessen war Tony erster Klasse nach Südamerika geflogen und hatte wie es schien, nach Herzenslust eingekauft. Aber nicht etwa, um die Bestände unseres Museums zu verbessern. Ich wußte, daß nie beabsichtigt gewesen war, diese Stücke in unseren Räumen auszustellen.
Mir fiel die Aufstellung ein, die ich am Tag von Franks Ermordung in seinem Schreibtisch gefunden hatte, die Liste

mit den Namen und den Beträgen. Die Beträge paßten ungefähr zu dem Wert, den ich einigen dieser Gegenstände hier gegeben hätte. Die Namen bezeichneten wahrscheinlich die Käufer. Während ich da auf der Kiste hockte und die hinterhältigen Machenschaften immer klarer durchschaute, regte sich neuer Zorn in mir.

Während das Museum um sein Überleben kämpfte, nicht das Geld aufbringen konnte, um einen anständigen Katalog drucken zu lassen, Sicherheitsleute einzustellen oder auch nur die Stromrechnung zu bezahlen, hatten sein Direktor, sein Geschäftsführer und der pädagogische Berater in aller Heimlichkeit die dringend benötigten Gelder für ihre eigenen dunklen Geschäfte abgezweigt. Frank, der die nötige Erfahrung besaß, hatte die Quellen ausfindig gemacht, wo noch gute Kunst zu kaufen war. Er selbst konnte natürlich nicht zu oft abwesend sein. Deshalb hatte er Tony, einen Angestellten, der so unbrauchbar war, daß man ihn kaum vermissen würde, auf Reisen geschickt. Und Susana hatte ihn gedeckt; kein Mensch hätte ein so albernes Ding wie sie des gerissenen Betrugs verdächtigt. Und Vic – er hatte die Schecks unterschrieben. Robert? Der hatte wahrscheinlich nur mitgemacht, um von der Cleverness seines Bruders zu profitieren.

Frank hatte vermutlich keine Schwierigkeiten gehabt, Käufer für seine Ware zu finden. Er hatte lange Zeit eine Galerie geleitet. Er kannte die einheimischen Sammler. Vielleicht diente ihm die Galerie sogar als Umschlagplatz; vielleicht ließ er die Sachen vom neuen Eigentümer verkaufen und gab ihm dafür eine Provision. Wer war überhaupt der neue Eigentümer? Ich erinnerte mich düster, daß Frank an eine Frau aus Los Angeles verkauft hatte. Oder hatte er vielleicht gar nicht verkauft?

Das wollte ich jetzt herausfinden. Ich würde nicht zulassen, daß diese Leute mein Museum für ihren eigenen Profit zugrunde richteten.

Aber wo war die Verbindung zu Franks Ermordung? Hatte sich einer der miesen Betrüger mit ihm entzweit? Wenn ja – Tony? Er schien zu dumm, um überhaupt auf einen solchen Plan zu kommen; aber vielleicht war die Dummheit genauso Verstellung wie Susanas kindische Albernheit. Vic? Schwer vorstellbar, aber ich erfuhr ja jeden Tag Neues über Vic. Robert? Noch unvorstellbarer; er war Franks Bruder. Aber nun ja, Brudermord gab es seit Urzeiten.
Blieb außerdem natürlich noch die Frage, was mit diesen Kunstgegenständen geschehen sollte. Ich hatte keine Ahnung.
Ich stand auf und machte mich daran, alles wieder einzupakken. Niemand durfte erfahren, daß ich die Sachen entdeckt hatte. Vorläufig jedenfalls nicht. Als ich fertig war, nahm ich die Taschenlampe und legte sie wieder an den Platz, wo ich sie gefunden hatte. Dann ging ich in mein Büro hinauf, setzte mich an meinen Schreibtisch und überlegte. Nach einer Weile wurde ich so ruhelos, daß ich aufstehen und herumlaufen mußte.
»Was zum Teufel soll ich tun?« murmelte ich vor mich hin. »Was soll ich nur tun?«
»Elena?« Es war Isabel. Ihre Stimme verriet Beunruhigung. Sie stand stirnrunzelnd an der Tür. »Elena, ist alles in Ordnung?«
»Nein. Nichts ist in Ordnung.«
Sie kam ins Zimmer und schloß die Tür.
»Kann ich Ihnen irgendwie helfen?«
»Da kann keiner helfen.«
»Ist es wegen Kirk? Haben Sie Angst, daß er Sie verdächtigt, Frank getötet zu haben? Machen Sie sich keine Sorgen. Wir wissen doch alle, daß Sie so etwas niemals tun könnten.«
Ich blieb stehen und starrte sie an. Ich hatte Dave Kirk tatsächlich eine Weile völlig vergessen gehabt.
Isabel sah mich forschend an. »Elena, was ist denn nur?«
Ich holte tief Atem.

»Setzen Sie sich bitte. Ich muß Ihnen etwas erzählen.«
Sie setzte sich. Ich lief weiter hin und her und erzählte ihr die ganze Geschichte. Während ich sprach, wurde ihr Gesicht immer blasser.
»So etwas habe ich befürchtet«, sagte sie schließlich. »Ich habe Frank nie getraut. Was glauben Sie, warum ich so viel hier war? Ich habe ihn so genau beobachtet – und trotzdem habe ich nichts gemerkt.«
»Ich bin nie auf den Gedanken gekommen, ihn zu beobachten. Und jetzt, wo ich das alles entdeckt habe, wird es einen Skandal geben, ganz gleich, was ich unternehme. Man wird vielleicht sogar glauben, daß wir alle hier an der Sache beteiligt waren, daß das Museum nichts als Fassade für unsere heimlichen Geschäfte war. Und die Presse wird das Ganze noch unter einem rassistischen Aspekt sehen.«
Isabel nickte.
»Aber ich kann sie doch nicht ungeschoren davonkommen lassen.«
»Nein.« Ihr Blick wurde hart.
»Wenn ich jetzt damit zu Carlos gehe, bringt der bestimmt alles an die Öffentlichkeit. Aber ein Skandal vor unserem Eröffnungsfest ruiniert das Museum. Die Leute werden das Geld für ihre Eintrittskarten zurückverlangen. Und andere werden gar nicht erst kommen. Wir verlieren alle Unterstützung.«
»Ich finde, Sie sollten vorläufig keinem Menschen etwas davon sagen«, meinte Isabel. »Nach der Eröffnung ist das etwas anderes.«
»Einen Skandal wird es trotzdem geben.«
»Ja, aber dann haben wir wenigstens für die Eröffnungsfeier fünfzig Dollar pro Person eingenommen. Wir brauchen das Geld. Hinterher können Sie zu Carlos gehen. Vielleicht können Sie ihn dazu bewegen, mit Diskretion zu handeln.«
Mir gefiel der Vorschlag nicht. Ich konnte mir nicht vorstellen, wie ich bei all dem, was ich nun wußte, bis zur Eröff-

nung Seite an Seite mit diesen Leuten arbeiten sollte. Trotzdem leuchteten mir Isabels Gründe ein.
»Es ist nicht wahrscheinlich, daß sie die Sachen vor der Eröffnung aus dem Keller holen werden«, fuhr Isabel fort. »Es sind zu viele Leute hier. Das Beweismaterial ist also sicher.«
»Sie könnten die Sachen nachts herausholen.«
»Haben Sie einem von ihnen die Schlüssel zum Haus gegeben?«
»Nein. Ich habe beide.«
»Na also.«
»Ja, Sie haben vermutlich recht.«
»Natürlich hab ich recht. Irgendwie stehen wir das schon durch. Das Museum wird keinen Schaden nehmen.«
Isabels Gesicht war ernst und angespannt. Plötzlich hatte ich so ein merkwürdiges Gefühl, wie es einen manchmal überfällt, als stünde ich nicht einer vertrauten Freundin gegenüber, sondern einem Menschen, den ich nie zuvor gesehen hatte.
»Isabel«, sagte ich, »wie war das eigentlich, als Sie an dem Tag, an dem Frank getötet wurde, Ihr ›Wörtchen‹ mit Frank redeten?«
Sie fuhr zusammen. »Was meinen Sie?«
»Sie sagten doch, Sie wollten mit ihm reden.«
»Ach so, ich wollte ihm nur – ich wollte ihm nur sagen, er solle beim Presseempfang ein bißchen auf seine Erscheinung achten. Sie wissen ja, wie nachlässig Frank sein konnte.«
»Und haben Sie mit ihm gesprochen?«
»Nein. Ich – ich konnte ihn nicht finden.«
»Er war im Garten, bei seinen Pflanzen.«
»Ach?«
»Ich sagte Ihnen doch, daß er dort wahrscheinlich sein würde.«
»Da hab ich anscheinend gar nicht nachgesehen.«

Ich sah sie an, ohne etwas zu sagen.
»Elena, was wollen Sie andeuten?« Isabel griff sich an den Hals.
»Ich war nur neugierig.«
Isabel sah mich starr an. »Elena, Sie glauben doch nicht, daß ich Frank getötet habe?«
»Jemand hat es getan. Und es war wahrscheinlich jemand, der mit dem Museum zu tun hat.«
»Aber ich?« Die Hand blieb, wo sie war, an den Ausschnitt des weißen Tenniskleides geklammert.
Plötzlich schämte ich mich.
»Seien Sie mir nicht böse, Isabel. Ich weiß einfach nicht mehr, wo mir der Kopf steht. Schauen Sie Vic an. Ich mochte ihn. Jetzt ist mein ganzes Vertrauen in ihn zerstört. Nach dieser Erfahrung kann ich nur sagen, daß in meinen Augen jeder Frank getötet haben kann – Vic, Sie, Robert, Maria, Jesse, Tony und sogar Susana.«
»Susana?« Jetzt sah Isabel ehrlich schockiert aus.
»Sie wußte auch von dem Schwindel.«
»Aber trotzdem – Susana?«
Ich zuckte die Achseln.
»Ich finde, Sie sollten nicht solche Mutmaßungen anstellen«, sagte Isabel.
»Warum nicht?«
»Das ist gefährlich.« Sie fröstelte. »Es geht doch um Mord. Der Mörder kann ein zweites Mal zuschlagen.«
Das klang so dramatisch aus dem Mund der kühlen, praktisch orientierten Isabel, daß ich beinahe gelacht hätte.
Sie sah die Erheiterung auf meinem Gesicht
»Das ist überhaupt nicht komisch, Elena. Ich jedenfalls werde hier in Zukunft sehr vorsichtig sein. Und Ihnen würde ich das gleiche raten.«
»Keine Angst. Ich bin vorsichtig.«
»Mord ist eine schlimme Sache. Sie sollten alles der Polizei überlassen.«

»Das werde ich tun. Ich muß allerdings sagen, daß ich die Polizei mehr fürchte als den Mörder. Lieutenant Kirk verdächtigt mich allen Ernstes.«
»Was glauben Sie, warum?«
»Na ja, es läßt sich nicht leugnen, daß mein Streit mit Frank ziemlich übel war. Ich habe Kirk nicht gleich davon erzählt, weil ich es nicht für wichtig hielt. Frank und ich haben ja dauernd gestritten. Und jetzt, wo Kirk erfahren hat, wieviel wir uns gezankt haben, ist er entschlossen zu beweisen, daß ich die Mörderin bin. Von Anfang an weigerte er sich, mir überhaupt zuzuhören.«
»Inwiefern?«
»Na ja, zuerst sagte ich, Franks Mörder hätte sich wahrscheinlich die Nacht über im Museum versteckt.«
»Hier versteckt?«
»Ja, warum nicht? Möglichkeiten gibt es genug. Als mir dann klar wurde, daß doch jemand *nach* mir gegangen war – das Schloß der Anlage stand nämlich am nächsten Morgen, als ich kam, in einer anderen Position –, hat der ehrenwerte Lieutenant Kirk das einfach ignoriert. Er behauptet, das sei ganz unmöglich, weil Franks Schlüssel am Haken hing, als ich morgens kam.«
»Ist es wirklich unmöglich?«
»Ja.«
Isabel und ich sahen einander niedergeschlagen an.
»Hätte ich diesen *árbol de la vida* doch nie gekauft«, sagte sie.
Sie machte ein so niedergeschmettertes Gesicht, daß ich ihr die Hand tätschelte.
»Machen Sie sich keine Vorwürfe. Der Baum ist gewiß nicht schuld daran, daß Frank getötet wurde.«
»Nein.«
Ich sah auf meine Uhr. »Es ist gleich drei. In einer Stunde muß ich bei Kirk sein. Ich glaube, ich schicke jetzt alle nach Hause, damit ich beim Weggehen gleich die Alarm-

anlage für heute nacht einschalten kann. Ich habe ja keine Ahnung, wie lange das bei Kirk dauern wird.« Ich stand auf. »Und vielen Dank, Isabel, daß Sie mir zugehört haben.«

»*De nada.* Ich wollte, ich könnte Ihnen helfen.«

»Das haben Sie schon getan.«

»Gut.« Sie stand ebenfalls auf. »Aber wirklich, Elena, seien Sie vorsichtig hier. Ich mache mir Sorgen um Sie.«

»Das brauchen Sie nicht. Ich hab das Gefühl, auf dem Polizeirevier ist es gefährlicher für mich als hier.«

Die Dienststelle der Polizei war nicht weit, in der Figueroa Street neben dem Rathaus im spanischen Stil. Unterwegs ging ich bei der Handelskammer vorbei und stellte fest, wer der gegenwärtige Eigentümer von der Galerie war, die ehemals Frank gehört hatte. Der Name der neuen Eigentümerin, Gloria Sanchez, kam mir irgendwie bekannt vor. Ich beschloß, nach meinem Besuch bei der Polizei bei der Galerie vorbeizuschauen – vorausgesetzt, Kirk fand keinen Grund, mich festzuhalten.

An einem schmutzigen kleinen Kiosk kaufte ich mir ein belegtes Brot, dann ging ich zu Fuß in die Figueroa Street hinüber. Die Uhr am El Mirador – dem Glockenturm des Rathauses – stand auf fünf vor vier. Als ich mich der Polizei näherte, senkte sich wieder dieses Gefühl des Gejagtseins über mich.

Ein uniformierter Beamter führte mich in Kirks winziges Büro im ersten Stock. Der Lieutenant saß an seinem Schreibtisch, wieder ganz in Braun. Sein Gesicht war so ausdruckslos wie immer.

»Kommen Sie herein, Miss Oliverez.« Er wies auf einen Sessel vor seinem Schreibtisch.

Ich setzte mich und strich automatisch meinen Rock über den Knien glatt.

Kirk warf einen Blick auf seinen immer gegenwärtigen

gelben Block und sagte: »Haben Sie immer noch vor, die Eröffnungsfeier steigen zu lassen?«
»Ja, das sagte ich Ihnen doch gestern nachmittag schon. Es ist ja auch alles bereit, nur die Lücke im Volkskunstsaal muß gefüllt werden.«
»Ah ja?«
»Ja. Wo der Lebensbaum stand, hängen wir jetzt einige *camaleónes* von Jesus Herrera auf.«
»*Camaleónes?*«
»Das spanische Wort für Chamäleon. Das sind Fantasiewesen. Jesse behauptet, sie verwandeln sich –« Wieso machte ich mir überhaupt die Mühe, ihm das alles zu erklären? Wahrscheinlich, um das unvermeidliche Verhör hinauszuschieben. »Lieutenant, warum wollten Sie mich sprechen?«
»Ich habe weitere Fragen, Miss Oliverez. Daraus besteht die Arbeit der Polizei nun mal zum größten Teil – aus Fragen. Und Lauferei. Der Glanz und der Ruhm, die im Fernsehen gezeigt werden, fehlen.«
»Ehe Sie anfangen, würde ich Ihnen gern ein paar Dinge berichten, die ich entdeckt habe.«
Über die Schwindelgeschäfte konnte ich nichts sagen, aber ich konnte ihm meine anderen Entdeckungen mitteilen.
»Sehr gut.«
Er schob seinen Drehsessel vom Schreibtisch weg und kippte ihn nach rückwärts. Die Reaktion ärgerte mich; sie vermittelte mir den Eindruck, daß er schon jetzt zu wissen meinte, das, was ich zu berichten hatte, sei es nicht wert, auf dem verdammten gelben Block notiert zu werden.
»Wußten Sie, daß Frank de Palma Beziehungen zu einer anderen Frau hatte?« fragte ich.
»Zu wem?«
»Das weiß ich nicht. Es ist Vic Leary versehentlich herausgerutscht. Er würde es Ihnen wahrscheinlich sagen.«
»Ich werd' mich darum kümmern.«

»Und Jesse Herrera hatte eine weit schlimmere Auseinandersetzung mit Frank als ich. Er schlug Frank sogar ein blaues Auge.«
»Wann war das?«
»Vor zwei Monaten ungefähr.«
»Worum ging es bei dem Streit?«
»Um Franks Nichte, Maria de la Cruz.«
»Ah ja, die Sekretärin. Ich kümmere mich darum.«
»Und Maria selber wurde zu den de Palmas verfrachtet, weil –« Ich zögerte. Es war Maria gegenüber unfair, ihre wahllosen Männerbeziehungen zur Sprache zu bringen. »– weil sie mit ihrer Familie nicht auskam. Frank war sehr streng mit ihr. Sie haßte ihn und scheint froh zu sein, daß er tot ist.«
»Ich habe den Eindruck, daß eine ganze Menge Leute über seinen Tod froh sind.«
»Aber durch seinen Tod wird für Maria der Weg frei, Jesse zu heiraten.«
»Schön, ich werd' mich auch darum kümmern. Sonst noch etwas?«
Er hatte mir diesmal nicht aufmerksamer zugehört als sonst.
»Nein, nichts mehr.«
»Gut.« Er setzte sich gerade und griff zum Stift. »Ich möchte mit Ihnen noch einmal Ihre Aktivitäten am Nachmittag des Todestages von Mr. de Palma durchgehen. Fangen wir da an, wo Sie zu ihm ins Büro gingen und fragten, ob Sie die Alarmanlage einschalten sollten.«
Seufzend begann ich. Kirk machte sich nickend Notizen.
»Und jetzt«, sagte er, als ich fertig war, »wollen wir uns noch einmal über Ihre Beziehungen zu Mr. de Palma und den anderen Mitarbeitern unterhalten. Fangen Sie bei Ihrem Abgang von der Universität an. Wann war das?«
»Vor fünf Jahren.« Ich erzählte von meiner Stellungssuche, wie ich den Posten beim Museum bekommen hatte, von

meinen ersten Arbeitsmonaten dort. Hin und wieder stellte Kirk eine Frage.
»Wie war das damals, als Sie wegen der Ramirez-Sammlung über Mr. de Palmas Kopf hinweg zum Verwaltungsrat gegangen sind? Warum taten Sie das?«
»Wir hatten die Gelegenheit, eine sehr schöne Sammlung zapotekischer Begräbnisurnen zu erwerben, aber Frank wollte das Geld lieber in einem neuen Teppichboden anlegen.«
»Hat der Verwaltungsrat Sie bestätigt?«
»Ja.«
»Und Mr. de Palmas Reaktion?«
»Er war wütend.«
»Aha. Berichten Sie weiter.«
Und später: »Wie kamen Sie mit Mr. Leary aus?«
»Sehr gut. Er war wie ein Vater zu mir.« Im Licht meiner jüngsten Entdeckung klangen mir die Worte falsch in den Ohren.
»Ach?«
»Vic ist allen Mitarbeitern gegenüber sehr lieb.«
»Einschließlich Mr. de Palma?«
»Vic war ihm sehr zugetan. Frank brauchte nur zu niesen, und schon rannte Vic los und besorgte Vitamin-C-Tabletten.«
»Fanden Sie eine solche Ergebenheit nicht übertrieben?«
»Nein, eigentlich nicht. Vic ist ein einsamer Mann. Er braucht jemanden, um den er sich kümmern kann.«
»Und Sie sagen, zu Ihnen war er wie ein Vater.«
»Ja.«
»Warum ›war‹ und nicht ›ist‹, Miss Oliverez?«
Aber das konnte ich ihm nicht sagen.
»Wie verstehen Sie sich mit Mrs. Cunningham, der Frau, die den Konflikt mit ihrem Geschenk erst heraufbeschwor?«
»Sehr gut. Sie tut unglaublich viel für das Museum. Ich weiß nicht, was wir ohne sie anfingen.«

»Keine Streitigkeiten?«
»Lieutenant Kirk, ich bin kein streitsüchtiger Mensch.« Aber der Ton meiner Stimme klang angriffslustig.
»Ist Mrs. Cunningham mit Frank de Palma gut ausgekommen?«
»Mit Frank kam niemand gut aus. Isabel beherrschte sich vielleicht besser als die meisten von uns. Sie stammt aus einer vornehmen alten Familie und wurde in der Tradition des Machismo erzogen –«
»Machismo?«
»Ihr wurde von Kindheit an beigebracht, sich Männern zu unterwerfen. Frauen, die nach diesem Muster erzogen werden, können nach außen lieb und gehorsam erscheinen, aber innerlich können sie genauso hassen wie die Frauen, die nicht so erzogen wurden.«
»Und ich nehme an, Miss Oliverez, daß Sie nicht in der Tradition des Machismo erzogen worden sind.«
»Wohl kaum.«
»Wie kommt es, daß mich das so gar nicht überrascht?«
Die Fragen gingen weiter. Als ein uniformierter Beamter Kirk irgendwelche Formulare zur Unterschrift brachte, legte Kirk eine Pause ein und ließ uns Kaffee holen. Dann setzte er sein Verhör fort. Es wurde sieben Uhr. Ich hatte Kopfschmerzen und war heiser. Versuchte er, mich mürbe zu machen, wie man das immer in den Kriminalfilmen sah?
Endlich warf er seinen Stift auf den Schreibtisch und stand auf.
»Gut, Miss Oliverez. Das reicht für heute.«
»Kann ich jetzt gehen?«
»Ja.«
»Gut.« Ich stand auf und nahm meine Handtasche. Plötzlich fiel mir etwas ein, das mir während des ganzen Verhörs immer wieder durch den Kopf gegangen war. Ich zögerte. Aber hatte ich nicht schließlich das Recht, selbst

auch ein paar Fragen zu stellen? »Lieutenant«, sagte ich, »wurde Frank de Palma eigentlich obduziert?«
Er sah mich überrascht an. »Natürlich.«
»Woran ist er gestorben?«
Ein seltsamer Ausdruck huschte über sein Gesicht. Ich hätte schwören können, er bemühte sich, nicht zu lächeln – nur wußte Dave Kirk wahrscheinlich überhaupt nicht, wie ein Mensch lächelt.
»Mr. de Palma starb an Gehirnblutung.«
»Haben Sie die Mordwaffe schon gefunden?«
»Nein.«
»Haben Sie sonst etwas Interessantes im Ausstellungssaal gefunden?«
Er sah mich nur an.
»Lieutenant Kirk, ich bin geschäftsführende Direktorin des Museums. Ich denke, auch wenn ich Ihre Hauptverdächtige bin, habe ich ein Recht zu erfahren, was Sie bisher ermittelt haben.«
Er seufzte. »Gut, Miss Oliverez. Wir haben am Tatort nichts ›Interessantes‹, wie Sie es formulieren, gefunden. Die Fingerabdrücke stammen durchwegs von Mitarbeitern und freiwilligen Helfern. Es lagen Keramik- und Terrakotta-Scherben von dem zertrümmerten Baum herum, sonst war nichts zu entdecken.«
»Hm.«
»Möchten Sie sonst noch etwas wissen?«
»Äh – ja. Sind Sie sicher, daß sich der Mörder nicht über Nacht im Museum hätte verstecken können? Denn ich kann mir nicht vorstellen, wie er anders rausgekommen sein soll.«
»Nein, Miss Oliverez, das ist ausgeschlossen. Wir haben sämtliche Mitglieder der Familie de Palma, alle Freunde und Mitarbeiter Mr. de Palmas überprüft. Wir wissen, wo jeder die fragliche Nacht verbracht hat.«
»Es könnte doch jemand gewesen sein, den Sie nicht über-

prüft haben.«
»Von einem Fremden wurde Mr. de Palma sicher nicht getötet.«
»Wieso nicht?«
»Bei einem Verbrechen dieser Art, dem das Element der Willkür fehlt, ist der Mörder im allgemeinen jemand, der dem Ermordeten nahestand – ein Familienmitglied oder ein Mitarbeiter.«
Mir gefiel weder die Anspielung noch das eklige Lächeln auf seinem Gesicht. Und ich würdigte ihn keiner Antwort.

10

Die Galerie, La Galería, war in El Paseo, einer Fußgängerzone mit schönen restaurierten Einkaufsarkaden in der Altstadt, nicht weit von unserem Museum. Ich eilte von der Anacapa Street durch einen Torbogen und hastete ohne einen Seitenblick an Geschäften vorüber, die Kerzen und Töpferwaren anboten, Leder und Schmuck. Es war ein warmer Abend ohne Nebel, und an den Tischen rund um den Brunnen auf dem Platz saßen Leute bei Wein und Margaritas. Aus dem Inneren des Cafés kamen die wehmütigen Klänge einer spanischen Gitarre.
Dies war eine Touristengegend, und die meisten Geschäfte blieben abends bis neun oder zehn Uhr geöffnet, um den Fremden Gelegenheit zum Einkauf zu geben. Ich bog vom Platz in eine Gasse ein, in der sich die Kunstgalerie befand, die früher einmal Frank de Palma gehört hatte. Obwohl sich ab und zu auch Touristen in die Galerie verirrten, bestand ihre Kundschaft doch größtenteils aus ernsthaften Sammlern mit Geschmack und viel Geld. An diesem Abend kurz vor acht war der Ausstellungsraum der Galerie menschenleer.

Ich ging hinein und sah mich um. An den Wänden hingen abstrakte Gemälde. Zwei sehr schöne Aquarelle von einem Maler, den ich in Oaxaca kennengelernt hatte, waren da; aparte Ölbilder im Stil der Naiven von einem einheimischen Künstler; Holzschnitte eines Künstlers aus Yucatán; Fotografien aus dem Leben der Wanderarbeiter, die einer unserer besten Fotografen gemacht hatte; und in einer Ecke zwei von Jesses *camaleónes.* Daß die *camaleónes* hier hingen, freute mich. Jesse hatte Schwierigkeiten gehabt, seine Kunstwerke bei La Galería unterzubringen. Aber da hingen sie nun, unübersehbar, das eine eine Kreuzung aus Schwein und Kamel, das andere eine seltsame Giraffe mit Katzengesicht und Vogelklauen.
Ich trat näher und betrachtete die beiden Fabelwesen, trotz meines Zorns auf Jesse an diesem Nachmittag so fasziniert wie immer. Was hatten die *camaleónes* nur so Besonderes an sich? War es ihre Fähigkeit zu überraschen, ja, häufig, zu schockieren? Oder die Tatsache, daß sie trotz des Grotesken ansprechend waren? Ich –
Im Hintergrund des Raumes öffnete sich eine Tür. Ich drehte mich um. Eine zierliche Frau kam herein. Sie war vielleicht Ende Dreißig, trug ein raffiniert einfaches schwarzes Kleid und dazu eine Perlenkette – so elegant und unaufdringlich wie der Ausstellungsraum selber.
»Kann ich Ihnen behilflich sein?«
»Ich habe gerade dieses –« Ich brach ab. Ich wollte nicht zu versiert erscheinen. Ich kannte diese Frau nicht. Sie schien sich nicht in den üblichen Künstlerkreisen zu bewegen, und ich war sicher, daß auch sie mich nicht kannte.
»*Camaleón*«, sagte sie lächelnd. »Von einem unserer begabtesten einheimischen Künstler.«
»Was sollen Sie bedeuten?« fragte ich absichtlich naiv.
Sie zuckte die Achseln. »Sie können ihnen jede Bedeutung geben, die Ihnen zusagt.«
Ich sah wieder zu dem *camaleón* hinauf.

»Und sie sind von einem einheimischen Künstler? Sie vertreten wohl hauptsächlich Chicanos?«
»Nein. Wir bemühen uns, ein breites Spektrum mexikanischer und südamerikanischer Kunst anzubieten.«
»Und Sie kaufen direkt von den ausländischen Künstlern?«
»Wir haben ein weitverzweigtes Netz von Einkäufern, ja.«
Trog mein Eindruck, oder schlich sich da Argwohn in ihre Augen?
»Wissen Sie, ich frage nämlich, weil ich mich für antike Kunst interessiere, und ich weiß, wie schwer es ist, so etwas zu bekommen, seit die verschiedenen Länder ihre Exportverbote für nationale Kunstschätze eingeführt haben.«
Die Frau sah sich um. Nachdem sie sich vergewissert hatte, daß sonst niemand im Laden war, sagte sie: »Ja, das ist schwierig. Woran dachten Sie denn?«
Ich sah die Kartons vor mir, die ich im Keller gefunden hatte.
»Ich habe eine kleine Sammlung aztekischer Figurinen. Erbstücke, zweifellos sehr wertvoll. Ich könnte sicher ein kleines Vermögen für sie bekommen, aber sie sind mir zu lieb, um sie zu verkaufen.«
»Ja, das verstehe ich.«
»Aber um die Sammlung zu vervollständigen, brauche ich die Erdgöttin Coatlicue. Nur, bei diesen Ausfuhrverboten ...« Ich breitete die Hände aus.
»Ja, die sind für den ernsthaften Sammler wirklich ein Problem.« Ihr Blick war taxierend. »Ich könnte mich für Sie erkundigen, Miss –?«
»Ach ja, ginge das? Da wäre ich Ihnen wirklich dankbar. Ich wohne im Biltmore, aber ich bin so viel unterwegs ... Haben Sie eine Karte?«
Sie nickte und ging zu einem kleinen Sekretär. Aus der Karte ging hervor, daß sie die Eigentümerin der Galerie war, Gloria Sanchez.

»Mrs. Sanchez«, sagte ich, »vielleicht können Sie endlich meine Probleme lösen. Ich suche seit –«

»Gloria«, rief eine bekannte Stimme aus dem Hintergrund.

Mit einem gereizten Blick drehte sich Gloria um.

»Gloria«, sagte der Mann, »ist das alles Franks Zeug?«

Die Tür öffnete sich, und Robert de Palma trat heraus, ein rotkarierten Bademantel in den Händen. Der Mund blieb ihm offen, als er mich sah, und er versuchte hastig, den Bademantel unter das Jackett seines engen schwarzen Anzugs zu stopfen.

»Hallo, Robert«, sagte ich. »Noch einiges zu regeln?«

Gloria Sanchez blickte von einem zum anderen.

»Sie kennen sich?«

»Aber sicher«, antwortete ich. »Nicht gut, aber wir kennen uns. Roberto und ich sind uns neulich abends in einer Bar begegnet. Wie hieß sie gleich – Bus Stop?« Ich lächelte boshaft.

Robert lief rot an. Das Bus Stop war die schlimmste Aufreißerkneipe in der Stadt.

Gloria Sanchez lachte. »Also wirklich, Roberto!«

Ich ging durch den Raum und faßte Robert fest am Arm.

»Ich schulde Roberto sowieso noch einen Drink. Ich schick' ihn nachher wieder zurück.« Damit zog ich ihn aus der Galerie hinaus.

Robert machte den Mund erst auf, als wir ein ganzes Stück gegangen waren.

»Was haben Sie hier zu suchen?« fragte er entrüstet. »Und warum haben Sie diese Geschichte erzählt – vom Bus Stop?«

»Spielen Sie nicht den moralisch Entrüsteten. Und nehmen Sie Franks Bademantel unter Ihrem Jackett heraus. Das sieht albern aus.«

»Wohin wollen Sie überhaupt?«

»Ich sagte doch, ich spendiere Ihnen einen Drink.«

Einigermaßen besänftigt zog Robert den Bademantel unter seinem Jackett heraus und stopfte ihn in die erste Mülltonne, an der wir vorüberkamen. Wir setzten uns an einen Tisch auf dem Platz, und ich bestellte Wein für uns beide.
»Frank und Gloria hatten also eine Affäre«, sagte ich, als der Wein kam.
Robert trank gierig. »Elena, Frank ist tot. Sie wollen doch seinen Ruf nicht ruinieren.«
»Andererseits hat er eigentlich gar nichts mehr zu verlieren, da er ja tot ist.«
»Aber Rosa und die Kinder –«
»Regen Sie sich ab, Robert. Wenn nicht Gloria ihn getötet hat, wird keiner was erfahren. Also, was war zwischen Gloria und Frank?«
Robert starrte mich an, als hielte er mich für eine Wahnsinnige.
»Was soll das heißen?«
»Na, was ist zwischen den beiden gelaufen?«
»Elena, Sie haben sie doch mit eigenen Augen gesehen. Sie ist eine hübsche Frau.«
»Das ist Rosa auch.«
Er machte nur eine wegwerfende Handbewegung.
»Rosa war Franks Frau. Außerdem war sie ziemlich dick geworden.«
Lieber Himmel! War nur meine Kultur von Männern wie Robert geplagt? Oder gab es sie überall? Da konnte einem wirklich die Lust vergehen.
»Wie lange lief die Geschichte mit Frank und Gloria?«
»Seit sie die Galerie gekauft hatte. Fünf Jahre etwa.«
»Und wie oft sahen sie sich?«
»Zweimal in der Woche.«
»Wußte Rosa davon?«
»Ich denke schon.«
»Was heißt das?«
»Natürlich wußte sie es. Aber so ist das nun mal. Schicksal

der Ehefrau. Rosa hatte ihre Kinder – es fehlte ihr an nichts. Dafür hat Frank immer gesorgt.«

Ich erinnerte mich ihrer harten Augen, als sie an diesem Morgen ihren scheinheiligen Mann gepriesen hatte. Sie hatte ihre Kinder und sie hatte ihren Stolz. Aber sonst?

»Außerdem«, sagte Robert, zum Angriff übergehend, »was hatten Sie denn in der Galerie rumzuschnüffeln?«

»Die reine Neugier. Frank wurde ermordet. Er hatte eine Freundin. Heißt es nicht immer *cherchez la femme*?«

»Gloria hätte ihn niemals getötet.«

»Woher wollen Sie das wissen?«

»Weil ich es weiß. Sie konnte gar nicht.«

»Wieso konnte sie nicht.«

Robert lief rot an.

»Wieso nicht, Robert?«

»Weil – weil ich in der Nacht bei ihr war.« Prahlerischer Stolz kämpfte mit Verlegenheit.

»Die ganze Nacht?«

»Ja.«

Ich wußte nicht, ob ich ihm glauben sollte. Die beiden konnten sich ja die Geschichte ausgedacht haben, um sich gegenseitig zu decken. Aber ich konnte weder das eine noch das andere beweisen.

»Sie sind mir zwei feine Brüder, Sie und Frank«, sagte ich deshalb nur bitter.

Robert trank seinen Wein aus und stand auf.

»Sie haben ihr vermutlich irgendein Märchen erzählt, damit sie nicht merkte, warum Sie in Wirklichkeit gekommen waren.«

Jetzt erst fiel mir ein, daß meine Geschichte von der aztekischen Figur Robert womöglich verraten würde, daß ich von den Schwindelgeschäften wußte.

»Nein, ich habe ihr die Wahrheit gesagt.«

»Ach ja?«

»Ja. Ich wollte etwas für meine private Sammlung und dach-

te, sie könnte mir helfen. Aber es war ein gelegener Vorwand, um mit ihr zu sprechen.«
Robert war nicht allzu hell, aber Gloria würde meine Geschichte sicherlich durchschauen, wenn er ihr erzählte, wer ich war. Es sei denn, sie wußte nichts von der Figur im Keller des Museums.
Ich hatte das unbehagliche Gefühl, daß mir die Dinge entglitten. Ich konnte nur hoffen, daß bis zum kommenden Abend, nach der Eröffnung, nicht alles außer Rand und Band geraten würde.
Robert schien fürs erste mit meiner Erklärung zufrieden. Mit ein paar widerwilligen Dankesworten für den Wein schlurfte er in Richtung zur Galerie davon. Es hätte mich interessiert, ob er Franks Bademantel wieder aus der Mülltonne holen würde.
Ich bestellte mir ein zweites Glas Wein. Ich hatte es nicht eilig, nach Hause zu kommen. Im allgemeinen genoß ich das Alleinsein, aber an diesem Abend empfand ich es als bedrohlich. Ich blieb also sitzen, trank meinen Chablis und hörte den Gesprächen rund herum zu. Die meisten Leute waren Touristen, die sich über Besichtigungen und Ausflüge unterhielten.
Ich sah geistesabwesend zu der Galerie auf der anderen Seite des Platzes hinüber. Sie war geschlossen, die Schaufenster jedoch erleuchtet. Sie war mehr touristisch orientiert als Gloria Sanchez' Galerie, und ihre Scheinwerfer strahlten Lebensbäume aus Keramik an, die zwar geschmackvoller waren als Isabels Geschenk, aber mir immer noch zu bunt.
In Gedanken ging ich noch einmal das Gespräch mit Lieutenant Kirk durch. »Gehirnblutung ... Fingerabdrücke ... aller Mitarbeiter ... Keramik und Terrakotta.«
Ich versuchte, die Gedankenfetzen zu verscheuchen. Ich hatte das alles so satt, Kirk, das ständige Nachdenken über Franks Ermordung und die Schwindelgeschäfte, die er und seine Mafia gemacht hatten, und vor allem hatte ich es satt,

mir darüber den Kopf zu zerbrechen, wie es dem Mörder gelungen war, das Museum zu verlassen und die Alarmanlage wieder einzuschalten, obwohl er keinen Schlüssel gehabt hatte. Ich wollte das alles wenigstens eine Weile vergessen.

»Keramik und Terrakotta . . .«

Ich schlug auf den Tisch, daß beinahe das Weinglas umgefallen wäre. Jetzt wußte ich, warum ich an dem Morgen, als ich Frank im Volkskunstsaal gefunden hatte, das Gefühl gehabt hatte, daß etwas nicht stimmte. Der kleine Todesbaum aus Terrakotta war nicht mehr dagewesen.

Árbol de la muerte. Ein passender Name für einen Gegenstand, der vielleicht als Mordwaffe gedient hatte.

Woher sonst konnten die Terrakotta-Scherben stammen? Nicht von dem Lebensbaum; der war aus Keramik gewesen. Der kleinere Terrakotta-Baum mußte ebenfalls in die Brüche gegangen oder zumindest stark beschädigt worden sein, als er Franks Schädel zertrümmert hatte. Er war schwer gewesen, aber nicht so schwer, daß nicht ein kräftiger Mensch ihn nehmen, in die Höhe schwingen und . . . Mir graute bei der Vorstellung.

Und wo war der Todesbaum jetzt? Der Mörder mußte ihn weggeschafft haben. Aber vielleicht hatte er ihn gar nicht weit weggebracht. Er mußte schwer und umständlich zu befördern gewesen sein. Wo konnte er ihn versteckt haben?

Im Keller des Museums, bei den anderen Kunstgegenständen?

Ohne meinen Wein ausgetrunken zu haben, stand ich auf und schob eine Fünfdollarnote unter den Aschenbecher. Dann flitzte ich zu meinem Wagen in der Anacapa Street. Ich fuhr zum Museum und wollte den Wagen eben vor dem Haus abstellen, als mir einfiel, daß er meine Anwesenheit im Museum verraten würde. Langsam fuhr ich ums Haus herum zum Parkplatz und hielt im Schatten der Laderampe an.

Am unauffälligsten war es, wenn ich durch den Hof hinter Franks Büro hineinging. Ich sperrte das Vorhängeschloß am Tor auf, ging durch, sperrte wieder ab. Rasch huschte ich den schmalen Weg entlang, dann über den Hof zu Franks Büro. Alles war dunkel und still. Flüchtig fiel mir Isabels Warnung ein, vorsichtig zu sein. Unsinn. Um Viertel nach drei, als ich alle nach Hause geschickt hatte und zu meinem Termin bei Kirk gefahren war, hatte ich die Alarmanlage eingeschaltet. Sie war immer noch eingeschaltet. Ich brauchte drinnen nichts zu fürchten.

Ich machte nur so viel Licht, wie ich unbedingt brauchte, um mich zurechtzufinden, und lief durch den Bürotrakt zum Keller. Die Taschenlampe lag noch da, wo ich sie gelassen hatte. Ich bahnte mir zwischen Kartonstapeln hindurch einen Weg zum anderen Ende des Raumes. Ich hielt es für naheliegend, daß der Mörder die Waffe dort versteckt hatte, in dem Wirrwarr, wo die Kartons mit den gestohlenen Kunstschätzen gestapelt waren.

Aber die gestohlenen Gegenstände waren nicht mehr da.

Ich war wie vor den Kopf geschlagen, leuchtete den Raum mit der Taschenlampe ab. Nichts. Nur ein paar Spuren im Staub.

Hinter mir raschelte etwas.

Ich erstarrte. Stille. Einbildung, dachte ich und kniete nieder, um mir die Spuren im Staub genauer anzusehen.

Es raschelte wieder. Näher diesmal. Es klang, als glitten nackte Füße über den Betonboden.

Ich fuhr hoch und leuchtete mit der Taschenlampe nach hinten. Nichts. Ich hielt den Atem an. Kaum wahrnehmbare Geräusche, als äffte jemand meine Reaktionen nach. Ich ging zum nächsten Stapel Kartons, entschlossen, denjenigen zu stellen, der sich dahinter versteckte.

Eine dunkle Gestalt stürzte sich auf mich, schlug mir die Taschenlampe aus der Hand. Der erhobene Arm sauste zu meinem Kopf herunter ...

11

Das erste, was ich fühlte, war ein stechender Schmerz in den Rippen. Ich lag auf der Seite, den Kopf auf dem ausgestreckten Arm. Ich rollte mich auf den Rücken, und der Schmerz ließ etwas nach.

Schmerz. Jetzt wurde mir auch bewußt, daß mein Kopf weh tat. Ich öffnete die Augen und blickte zu einem dunklen, wolkenlosen Sternenhimmel hinauf.

Sterne? Ich wollte mich aufsetzen, aber das tat zu weh. Mit einer Hand tastete ich auf dem Boden umher und fand Steine und Erdklumpen. Ich schloß die Augen wieder und atmete tief. Die Nachtluft war kühl und süß. Ich sog sie noch einmal ein und erkannte den Geruch junger Zwiebeln. Seltsam, daß sie auf dem Feld so viel süßer rochen als im Laden ...

Auf dem Feld! Jetzt kam die Erinnerung – das Museum, der Keller, die fehlenden Kartons, die dunkle Gestalt. Sie hatte mich mit einem schweren Gegenstand niedergeschlagen. Kein Wunder, daß mein Kopf so heftig schmerzte. Aber wo befand ich mich jetzt?

Ich machte die Augen wieder auf und stemmte mich mühsam auf einem Ellbogen in die Höhe. Mir wurde übel vor Schmerz. Auf drei Seiten war ich von Zwiebelpflanzen umgeben. Auf der vierten Seite war ein steiler Hang, der wie eine Straßenböschung aussah. Ich konnte es nicht verstehen, aber ich war offenbar in einem Zwiebelfeld gelandet.

Nach einer Weile setzte ich mich vorsichtig auf und betastete mit der Hand meinen Kopf. Der schlimmste Schmerz saß über der Stirn. Hatte ich eine Gehirnerschütterung? War nicht Übelkeit eines der Symptome dafür?

Also, wo war ich? Nördlich der Stadt gab es Bauernhöfe, aber die waren ziemlich weit nördlich, noch oberhalb von Goleta und dem Universitätsgelände. Wie war ich hierhergekommen?

Nach ein paar Minuten ließ die Übelkeit etwas nach. Der

Schmerz in den Rippen war nicht mehr so durchdringend wie in den ersten Momenten des Erwachens. Wahrscheinlich hatte ich gar keine Verletzung, sondern nur auf den spitzen Steinen schlecht gelegen. Ich sah auf das Leuchtzifferblatt meiner Uhr und sah, daß es nach Mitternacht war. Ich konnte lange hier gelegen haben.
Langsam rappelte ich mich hoch, bis ich auf den Füßen stand. Eine Welle von Übelkeit überschwemmte mich, aber sie verebbte gleich wieder. Ich blickte auf die Böschung und machte mich daran, auf allen vieren den Hang hinaufzukrabbeln. Ja, oben war eine Straße. Und keine zwanzig Meter entfernt stand, auf dem gegenüberliegenden Bankett, mein Rabbit.
Wie war der Wagen dorthin gekommen?
Ich verschnaufte einen Moment, dann ging ich über die Straße zum Wagen. Meine Handtasche lag auf dem Mitfahrersitz, der Zündschlüssel steckte. Nun, wenigstens konnte ich in die Stadt zurückfahren. Ich stieg ein.
Von hier aus konnte ich erkennen, wo ich mich befand. Nach Westen dehnten sich Felder, und in der Ferne konnte ich schwach den silbernen Glanz des Meeres sehen. Im Osten war sanft gerundetes Hügelland. Ich mußte mich mindestens zwanzig Meilen nördlich der Stadt auf der Küstenstraße befinden.
Ich drehte den Zündschlüssel. Der Motor hustete und starb. Ich versuchte es noch einmal. Nichts. Dann sah ich auf die Benzinuhr. Sie stand auf leer.
Verdammt! Nun hatte ich die Quittung dafür, daß ich mit dem Tanken immer bis zum letzten Moment wartete. Ich und die Person, die mich hierhergefahren hatte. Wie sollte ich jetzt in die Stadt zurückkommen? Zu Fuß würde ich es nie schaffen, und es war fast ein Uhr morgens und nirgends ein Auto in Sicht. Aber ich konnte auf jeden Fall anfangen zu marschieren, vielleicht würde zufällig ein später Autofahrer vorüberkommen und mich mitnehmen. Ich nahm

meine Handtasche, zog den Zündschlüssel ab und machte mich auf den Weg in Richtung Süden.
Die Luft war frisch. Unter anderen Umständen hätte mir der Marsch Spaß gemacht. Nun, wenigstens war es nicht neblig. Während ich automatisch einen Fuß vor den anderen setzte, versuchte ich zu rekonstruieren, was sich abgespielt hatte. Irgend jemand war ins Museum eingedrungen, um die Kartons mit den Kunstgegenständen wegzubringen, doch ehe er seine Arbeit vollendet hatte, war ich aufgetaucht. Wer war es gewesen? Und wie war er hineingekommen? Nun, er war ja vorher schon einmal aus dem Museum hinausgekommen, ohne daß ihm die Alarmanlage ein Hindernis gewesen war. Dann hatte ihm vermutlich auch das Hineinkommen keine Schwierigkeiten bereitet.
Ich ließ mir die Ereignisse durch den Kopf gehen: Ich komme ins Museum, ehe der Mörder mit den Sachen verschwinden kann. Er sieht mich in den Keller gehen, argwöhnt sofort, daß ich dem Schwindel auf die Spur gekommen bin. Warum sonst sollte ich mitten in der Nacht da unten herumkramen? Er folgt mir, sieht, daß ich die Kartons suche, die er bereits entfernt hat. Jetzt weiß er mit Sicherheit, daß ich von ihrer Existenz weiß. Er schleicht sich an mich heran und schlägt mich bewußtlos.
Und dann? Er bugsiert mich in meinen Wagen, fährt nach Norden, und dann geht ihm plötzlich das Benzin aus. Aus unerfindlichem Grund zerrt er mich aus dem Wagen und deponiert mich im Zwiebelfeld. Dann kehrt er per Anhalter zur Stadt zurück.
Warum hatte er mich hierhergebracht? Weil er vermeiden wollte, daß ein weiteres Verbrechen die Aufmerksamkeit der Polizei von neuem auf das Museum lenkte? Oder hatte er geglaubt, er hätte mich getötet? Hatte er einfach die vermeintliche Leiche loswerden wollen? Aber warum hatte er mich dann hier deponiert, direkt an der Straße, wo er damit rechnen mußte, daß man mich sehr schnell finden würde?

Mir fiel nur eine Erklärung ein: Er war auf dem Weg zu einem besseren Ort gewesen, hatte vielleicht einen Unfall fingieren wollen und hatte den Kopf verloren, als das Benzin ausgegangen war.
Nach ungefähr einer Viertelstunde begann ich müde zu werden. Mein Kopf schmerzte wieder heftiger. Ich hielt an und sah mich nach einem Fleckchen um, wo ich mich niedersetzen konnte. Plötzlich hörte ich das ferne Donnern eines näher kommenden Fernlastzugs. Er kam aus Norden, und es dauerte ewig, wie mir schien, ehe er sichtbar wurde. Dann überflutete das Licht seiner Scheinwerfer die Straße, als er um eine Kurve in mein Blickfeld kam. Ich winkte mit beiden Armen.
Erst dachte ich, er würde nicht anhalten. Aber dann hörte ich das Zischen der Druckluftbremsen, und der Lastzug rollte auf dem Bankett vor mir langsam aus. Ich vergaß alle meine Wehwehchen und rannte hin.
Die Tür auf meiner Seite wurde aufgestoßen.
»Hallo, junge Frau«, sagte ein Mann freundlich. »So spät sollten Sie aber lieber nicht auf der Landstraße herumspazieren. Steigen Sie ein.«
Lieber Gott, dachte ich, hoffentlich ist er nicht einer von den Typen, die erwarten, daß man zum Dank mit ihnen schläft.
Im Licht der Fahrerkabine konnte ich ein helles Gesicht mit Vollbart sehen. Der Fahrer lächelte, als ich nach der Tür griff. Aber plötzlich veränderte sich seine Miene. Sein Mund wurde schmal, und er kniff ärgerlich die Augen zusammen.
»War wohl 'ne turbulente Nacht, was?« Damit riß er mir die Tür aus der Hand.
»Bitte, Sie müssen mir helfen!«
»Ich muß gar nichts.« Er knallte die Tür zu. »Mit Ihnen krieg ich höchstens Schwierigkeiten, Lady, und die brauch ich nicht.«

Er fuhr los, und ich mußte zurückspringen, sonst hätte er mich angefahren. Kies spritzte mir ins Gesicht, ich vertrat mir den Fuß und stürzte. Hart schlug ich mit der Schulter auf der Straße auf.
Eine Weile blieb ich einfach liegen und lauschte dem leiser werdenden Donner des Lastzugs. Meine Kopfschmerzen kamen jetzt in Wellen, und die Übelkeit kehrte zurück. Als ich mich wieder bewegen konnte, kroch ich zur Böschung und übergab mich. Nach einer Zeit ließ die Übelkeit nach, und ich setzte mich keuchend auf.
Meine Handtasche lag ein Stück entfernt. Ich zog sie zu mir heran und kramte ein Papiertaschentuch heraus. Ich wischte mir die Hände ab und betastete dann vorsichtig mein Gesicht. Ich hatte blutige Schrammen auf der Stirn, wahrscheinlich vom Sturz über die Böschung ins Zwiebelfeld. Ich wühlte in der Tasche nach einer Creme, und plötzlich überfiel mich ein schrecklicher Gedanke. Wie eine Wahnsinnige suchte ich im vorderen Fach der Tasche, wo ich die Schlüssel aufbewahrte.
Der zweite Bund, der, den ich aus Franks Büro genommen hatte, war weg. Der Mörder hatte ihn an sich genommen. Nun brauchte er sich nicht mehr auf seine geheimnisvolle Methode des Kommens und Gehens zu verlassen. Wahrscheinlich war er ins Museum zurückgekehrt, um die Kunstwerke endgültig wegzubringen. In diesem Moment konnte er –
Wieder hörte ich Motorengeräusch aus Norden – das kränkliche Rattern und Knattern eines alten Volkswagens. Ich rappelte mich mühsam wieder hoch und winkte halbherzig. Lichter strahlten mich an, und ein schäbiger schwarzer VW kam tuckernd auf dem Bankett zum Stehen. Ich ging hin und klammerte mich an den Türgriff, um nicht zu fallen.
Eine Frau mit rundem Gesicht und lockigem Haar sah zu mir heraus.
»Sie hätten sich wirklich eine bessere Stelle aussuchen sol-

len! Ich hätte Sie im Dunkeln beinahe überfahren.« Sie stieß die Tür auf.
Ich sank in den Sitz. Als ich mich der Frau zuwandte, sah sie mich erschreckt an.
»Mein Gott, Sie sind ja verletzt. Und ich hab' Sie auch noch angeschrien. Ist es schlimm?«
Vor so viel freundlicher Teilnahme wäre ich beinahe in Tränen ausgebrochen. Ich mußte einen Moment warten, ehe ich sprechen konnte.
»Ich fühl' mich ganz fürchterlich, aber ich glaube nicht, daß ich schwere Verletzungen habe.«
»Aussehen tun Sie jedenfalls zum Erbarmen.«
Sie klappte die Sonnenblende über mir herunter, und ich sah in den Spiegel. Mein Gesicht war voller Schrammen, und meine Bluse war zerrissen.
»Kein Wunder, daß es der LKW-Fahrer mit der Angst bekam«, sagte ich.
»Wer?«
»Ein LKW-Fahrer. Er hielt an, als ich winkte, aber nachdem er mich etwas deutlicher gesehen hatte, zischte er schleunigst wieder ab.«
»Wahrscheinlich hatte er Angst, man könnte ihm das in die Schuhe schieben. Ich sollte Sie in ein Krankenhaus fahren.«
»Nein!«
Sie sah mich nur an.
»Wirklich, es ist schon in Ordnung.«
Wenn sie mich in ein Krankenhaus brachte, würde ich Erklärungen geben müssen. Man würde die Polizei anrufen. Ich würde aufgehalten werden. Ich überlegte hastig.
»Meine Mutter wohnt in Goleta, in dem großen Wohnwagenpark gleich beim Strand. Könnten Sie mich dort absetzen?«
Die Frau war sichtlich erleichtert.
»Gern. Sie müssen mich nur lotsen.«

Sie stellte keine Fragen mehr, während wir auf der Landstraße nach Süden und dann durch die dunklen Straßen von Goleta fuhren. Am Tor zum Wohnwagenpark wünschte sie mir viel Glück.
Ich lief über den Rasen vor dem Freizeitzentrum zum Wohnwagen meiner Mutter. Alle Fenster waren dunkel. Kein Wunder, morgens um halb drei. Ich klopfte leise; meine Mutter hatte einen leichten Schlaf.
Gleich darauf stand sie im Nachthemd an der Tür, hinter ihr Nick in einem scheußlichen Morgenrock. Ich war so froh, die beiden zu sehen, daß ich nicht einmal eine scherzhafte Bemerkung machte.
»Guter Gott, Kind!« rief meine Mutter. »Was ist denn passiert?«
Ich begann prompt zu weinen. Sie nahm mich in den Arm und führte mich in den Wohnraum. Nick machte Licht. Meine Mutter drückte mich ins Sofa.
»Ach, wie du aussiehst.« Sie berührte vorsichtig meine aufgeschrammte Stirn. »Erst dieser schreckliche Mord und jetzt das. Ich wußte doch, daß ich mich auf mein Gefühl verlassen kann. Nick, hol doch mal die Hausapotheke.«
»Mama, es ist nicht so schlimm.« Ich nahm ein Papiertuch aus der Tasche und schneuzte mich. »Ich muß ins Museum.«
»Um diese Zeit? Kommt nicht in Frage.«
»Mama –«
Nick kam mit der Hausapotheke, und meine Mutter fing an, darin herumzukramen.
»Hat Franks Mörder etwa versucht, Sie auch noch umzubringen?« fragte Nick.
»Ich glaube ja.«
»Sie glauben?«
»Ich hab nicht gesehen, wer es war. Es war dunkel.«
Meine Mutter holte einen Waschlappen und tupfte mir das Gesicht ab. Während sie mich verarztete, erzählte ich den beiden alles – auch das von den Schwindelgeschäften.

»Sie sollten sofort zur Polizei gehen«, meinte Nick.
»Aber ich kann nichts von den Unterschlagungen sagen. Jetzt noch nicht.«
»Kannst du nicht einfach sagen, du hättest im Keller nach dem *árbol de la muerte* gesucht?« meinte meine Mutter. »Wenn du es ihnen gleich sagst, können sie den Kerl vielleicht finden, der dich niedergeschlagen hat. Vielleicht ist er auf der Landstraße jemandem aufgefallen.«
»Ihr habt recht. Ich rede mit Kirk. Und nach der Eröffnung unterrichte ich Carlos und ihn von den Unterschlagungen. Aber jetzt muß ich sofort ins Museum, sonst bringt der Mörder das ganze Beweismaterial aus dem Haus.«
»Wann, sagten Sie, hatten Sie den Zusammenstoß mit ihm?« fragte Nick.
»Gegen zehn.«
»Dann ist er jetzt bestimmt nicht mehr da. Es ist Viertel vor drei.«
Da hatte er wahrscheinlich recht. Der Mörder hatte die Sachen sicher längst aus dem Haus gebracht.
»Außerdem«, fügte meine Mutter hinzu, »solltest du mit dieser Wunde am Kopf zum Arzt gehen.«
»Ich brauch' keinen Arzt, Mama.« Ich haßte Arztbesuche.
»So eigensinnig wie früher.« Sie strich mein Haar zurück und besah sich die Beule näher. »Vielleicht hast du eine Gehirnerschütterung?«
»Aber bestimmt keinen bleibenden Schaden.«
»Ach, Elena!«
»Bitte, Mama, ich möchte nur nach Hause in mein Bett.«
»Das kommt nun wirklich nicht in Frage. Du schläfst hier. Das Sofa kann man ausziehen –«
»Aber –«
»Was ist mit Ihrem Wagen?« fragte Nick.
Natürlich! »Da muß ich warten, bis die Tankstellen aufmachen.«
»Das kann ich erledigen. Geben Sie mir den Schlüssel. Die

Tankstelle gleich an der Ecke macht um sechs auf. Ich laß mich von einem meiner alten Kumpel hinfahren und bring den Wagen zurück. Dann haben Sie ihn, wenn Sie aufwachen.«
»Das ist doch lächerlich. Sie sollen nicht meinetwegen morgens um sechs durch die Gegend fahren.«
»Laß nur«, mischte sich meine Mutter ein. »Er und seine Kumpel gehen sowieso immer schon um halb sechs zum Joggen.«
Ich verdrehte die Augen. »Gut, ich sehe, ich bin überstimmt.«
»Richtig«, sagte Nick. »Hören Sie nur auf Ihre Mutter.«

12

Als ich gegen acht erwachte, hatte ich immer noch Kopfschmerzen. Mein Wagen stand draußen. Meine Mutter machte Pfannkuchen, aber ich konnte nichts essen. Ausnahmsweise hielt sie mir keinen Vortrag über die Notwendigkeit eines kräftigen Frühstücks.
Als ich mir im Badezimmer das Haar bürstete, kam sie herein und sagte: »Du gehst doch direkt zur Polizei?«
»Ja.«
»Mit der Bluse kannst du aber unmöglich gehen.«
Ich sah an mir herunter. Die Bluse war an mehreren Stellen zerrissen.
»Ich hol' dir eine von mir«, sagte sie. »Nur als Provisorium.«
Die Bluse war mir ein paar Nummern zu groß. Sie erinnerte mich an meine Uniformbluse in der katholischen Mädchenschule. Fehlte nur noch mein Name eingestickt auf der Brusttasche.
Um Viertel vor neun fuhr ich los. Da Personal und Freiwilli-

ge wahrscheinlich schon vor dem Museum warteten, um eingelassen zu werden und die Vorbereitungen für die Eröffnungsfeier zu treffen, beschloß ich, zuerst dort vorbeizufahren. Wenn einer von ihnen den zweiten Schlüssel hatte, würde er ihn bestimmt nicht herausziehen und aufsperren.
Vic, Maria, Isabel und drei Freiwillige standen an der Haupttür und sahen sich besorgt um. Als ich mich näherte, starrten sie mich und mein verpflastertes Gesicht mit unterschiedlichen Graden von Bestürzung an. Ich versuchte, auf ihre Reaktion zu achten, um zu sehen, ob jemand Erschrecken zeigte, mich noch am Leben zu sehen. Aber sie machten alle einen ziemlich verdutzten Eindruck, so daß ich keinerlei Schlüsse ziehen konnte.
»Elena, *qué pasa*?« rief Maria.
»Bitte keine Fragen jetzt. Wir haben heute viel zu tun. Weiß jeder, wofür er zuständig ist?«
Bejahendes Gemurmel. Ich sperrte auf.
»Gut. Ich habe heute morgen noch außerhalb des Museums einiges zu erledigen, aber ich bin am frühen Nachmittag zurück. Wir halten um vier noch einmal eine Besprechung, um letzte Fragen zu klären. – Isabel, würden Sie während meiner Abwesenheit das Kommando übernehmen?«
Sie nickte, während ihr Blick voller Besorgnis auf meinem Gesicht ruhte.
Ich machte einen raschen Rundgang durch die Ausstellungsräume. Gott sei Dank, alles war in Ordnung. Beruhigt fuhr ich nach Hause, um mich umzuziehen.
Aber was, dachte ich plötzlich, wenn Kirk, auch nachdem er meine Geschichte gehört hatte, von meiner Schuld überzeugt blieb? Konnte man aufgrund so dünnen Beweismaterials wie er es hatte, verhaftet werden? Vor Gericht gestellt und womöglich verurteilt werden?
Unsinn, Elena, sagte ich mir. Wenn er von deinen gestrigen Erlebnissen hört, wird ihm endlich klarwerden, daß du von Anfang an die Wahrheit gesagt hast.

Oder nicht?
Ich schlüpfte in eine verblichene Jeans und ein Baumwollhemd, ging ins Bad, nahm eine Tablette gegen die Kopfschmerzen und zog dann die Heftpflaster von meinem Gesicht, um die Verletzungen zu begutachten. Die Schrammen waren eigentlich ziemlich klein und würden ohne die Pflaster kaum Aufmerksamkeit erregen. Und genau Aufmerksamkeit – Fragen, was passiert sei – wollte ich vermeiden. Ich wusch mir das Gesicht, schminkte mich neu und fuhr dann zur Polizei.
Kirk saß in seinem Kapäuschen, als hätte er sich seit dem gestrigen Nachmittag nicht von der Stelle gerührt. Wenn er überrascht war, mich zu sehen, so zeigte er es nicht.
»Guten Morgen, Miss Oliverez. Nehmen Sie Platz.«
Ich setzte mich in denselben Sessel, in dem ich am Vortag schon so lange gesessen hatte.
»Hatten Sie einen Unfall?« Er deutete auf die Schrammen in meinem Gesicht.
»Nicht direkt. Ich komme gleich darauf. Ich habe Ihnen einiges zu berichten.«
»Bitte.« So lässig und desinteressiert wie am Vortag lehnte er sich in seinem Sessel zurück.
»Ich weiß jetzt, wer Frank de Palmas Freundin war. Gloria Sanchez, die Frau, die La Galería von ihm gekauft hat.«
»So. Und wie haben Sie das herausbekommen?«
»Ich kam zufällig an der Galerie vorbei« – ich konnte Kirk ja nicht sagen, daß ich wegen der Unterschlagungen hingegangen war – »und ging hinein, weil sie zwei von Jesse Herreras *camaleónes* ausgestellt hatte. Und da traf ich Franks Bruder Robert, der gerade Franks Sachen abholte.«
»Sachen?« Er zog eine Augenbraue hoch.
»Seinen Bademantel zum Beispiel.«
»Woher wissen Sie, wie Mr. de Palmas Bademantel aussieht?«
Schon wieder packte mich der Zorn.

»Robert kam aus der Wohnung hinter der Galerie mit einem Bademantel in den Händen und fragte Gloria, ob das nun alle Franks Sachen seien.« Ich sprach langsam, bemüht, nicht aus der Haut zu fahren. »Und später bestätigte er mir, daß Gloria und Frank seit fünf Jahren eine Affäre hatten.«
Kirk nickte. »Gut, Miss Oliverez. Ich werde mich darum kümmern.«
Ich konnte es nicht mehr hören, dieses ewige »ich werde mich darum kümmern«.
»Was haben Sie mir sonst noch zu erzählen?« fragte Kirk. »Ich finde langsam ein richtiges Vergnügen an diesen Gesprächen mit Ihnen.«
Am liebsten hätte ich auf den Tisch gehauen vor Zorn.
»Es fing alles gestern abend an, als ich noch einmal ins Museum ging, um die Mordwaffe zu suchen.«
Diesmal war es mir endlich gelungen, ihn zu verblüffen.
»Die Mordwaffe?«
»Ja. Den Todesbaum.« Ich berichtete ihm von meinen Überlegungen.
»Und fanden Sie diesen Todesbaum?«
»Nein. Dafür fand *mich* jemand.« Ich erzählte.
Kirk nickte, immer noch skeptisch, doch in seinem Blick lag etwas wie Besorgnis, als er wieder meine Stirn betrachtete.
»Wann wurden Sie überfallen?«
»Es war ungefähr zehn.«
»Und dann kamen Sie auf diesem Feld wieder zu Bewußtsein?«
»Ja. Nach Mitternacht.«
»Gut. Wenn Ihre Geschichte stimmt, hat vielleicht jemand Ihren Angreifer im Wagen in die Stadt mitgenommen. Oder er hat ein Taxi gerufen. Ich werde es überprüfen.«
»Was soll das heißen, *wenn* meine Geschichte stimmt?«
»Ich möchte außerdem Ihren Wagen auf Fingerabdrücke und andere Indizien prüfen. Ich nehme an, er steht noch draußen auf der Landstraße.«

»Nein, er steht unten auf dem Parkplatz. Ein Freund meiner Mutter hat ihn mir geholt.«
Kirk richtete sich in seinem Sessel auf.
»Das, Miss Oliverez, ist nun wirklich ein Grund für mich zu sagen, *wenn* Ihre Geschichte stimmt.« Er sah auf seine Uhr. »Es ist jetzt elf. Sie haben mir erzählt, daß Sie gegen halb drei Uhr morgens bei Ihrer Mutter ankamen. Aber Sie haben uns nicht angerufen. Sie haben sich erst mal richtig ausgeschlafen und vermutlich in aller Ruhe gefrühstückt, ehe Sie sich die Mühe machten, uns zu informieren. Sie ließen Ihren Wagen von einer fremden Person abholen, fuhren dann auch noch selbst damit herum und haben so möglicherweise alle vorhandenen Spuren zerstört.«
Ich sah auf meine Hände hinunter. So unrecht hatte er nicht.
»Sie berichten weiter, Miss Oliverez, daß Ihr Angreifer den zweiten Schlüssel zum Museum entwendet hat. Sind Sie mal auf den Gedanken gekommen, daß er das Museum bis auf das letzte Stück ausrauben könnte? Hätten Sie uns nicht unverzüglich anrufen und bitten sollen, einen Streifenwagen hinzuschicken?«
»Aber er hat nichts gestohlen. Ich hab nachgesehen –«
Wieder mußte ich zugeben, daß er recht hatte. Meine Aussage ergab keinen Sinn, solange ich nicht sagte, daß ich wußte, zu welchem Zweck der Unbekannte den Schlüssel an sich genommen hatte. Aber gerade das konnte ich nicht.
Bis zur Eröffnungsfeier waren es noch sieben Stunden. Lohnte es den Ärger und die Mißverständnisse, bis dahin zu schweigen? Ich konnte Kirk doch auch gleich jetzt alles sagen und ihn bitten, bis nach der Eröffnung nichts zu unternehmen. Aber nein, er würde sicher sofort seine Leute hinschicken und Vic und Tony festnehmen lassen.
Ich brachte es nicht über mich. Ich hatte hart für das Museum gearbeitet, fünf Jahre lang darum gekämpft, ihm und der Kunst meiner Landsleute in der Gemeinde Ansehen zu

verschaffen. Ich konnte das nicht alles einfach hinwerfen, indem ich genau an dem Tag, der unser größter Triumph werden sollte, meine Mitarbeiter als Schwindler entlarvte. Ich wollte es, um ehrlich zu sein, auch um meiner selbst willen nicht tun. Wenn das Museum durch einen Skandal ruiniert wurde, würde das auch mich treffen, und ich würde vielleicht nie wieder eine Stellung finden, die mir so viel Freude machte.

»Nun, Miss Oliverez«, sagte Kirk.

»Ja, gut, ich hab mich falsch verhalten. Aber ich hab so was noch nie erlebt. Ich wußte nicht, was ich tun sollte.«

»Das hätte Ihnen die Vernunft sagen müssen.«

»Dann bin ich eben nicht vernünftig. Ich kann's nicht ändern. – Also, wollen Sie jetzt meinen Wagen untersuchen, oder was geschieht jetzt?«

»Ja, das lasse ich sofort erledigen.« Er griff zum Telefon. »Sie können ihn in einer Stunde wiederhaben.«

Ich stand auf. »Gut, ich hole ihn heute mittag ab.«

Kirk blieb sitzen, den Hörer in der Hand.

»Miss Oliverez, ich habe das Gefühl, Sie verschweigen mir etwas.«

»Ich? Wieso? Keineswegs. Ich habe mich bemüht, Ihnen zu helfen . . .«

»Ja, das ist auch so etwas Merkwürdiges. Sie haben sich in der Tat bemüht zu helfen. Die anderen Beteiligten haben meine Fragen beantwortet und sich dann herausgehalten. Aber Sie – Sie bringen mir täglich neue Informationen. Warum?«

»Weil ich den Eindruck habe, daß Sie überhaupt nichts tun!«

Die Worte waren heraus, ehe ich überlegen konnte.

Kirks Gesicht wurde kalt. Nach einem Moment drückender Stille sagte er: »Spätestens nach Ihrer Eröffnung werden Sie merken, daß Ihr Eindruck trügt, Miss Oliverez.«

Ich retirierte zur Tür.

»Wenn Ihr Museum in dieser Stadt nicht eine gewisse Be-

deutung hätte«, fügte er hinzu, »und wenn Sie nicht eine Menge einflußreicher Befürworter hätten, würde ich Ihnen jetzt schon zeigen, daß Ihr Eindruck trügt – und zum Teufel mit der Eröffnungsfeier.« Er hielt inne, versuchte offenbar, seine professionelle Gelassenheit wiederzugewinnen. »Um die Wahrheit zu sagen, ich freue mich auf die Feier.«
»Sie kommen hin?«
»Um nichts in der Welt würde ich sie mir entgehen lassen.«
Guter Gott, hatte er vor, mich auf der Feier zu verhaften? Oder unmittelbar danach?
Ich drehte mich um und floh.

13

Um Viertel nach eins war ich wieder im Museum. Maria sah von ihrer Schreibmaschine auf, als ich hereinkam.
»Don Carlos erwartet Sie.« Sie wies zu Franks Büro.
Ich warf einen Blick hinein und sah den Vorsitzenden unseres Verwaltungsrats am Schreibtisch sitzen. Dann wandte ich mich wieder Maria zu.
»Sie sehen heute sehr hübsch aus.«
Ihre Wangen waren rosig, und das Haar hatte sie sich in einer raffinierten neuen Frisur hochgesteckt.
»Ich hab Grund dazu.« Sie streckte mir ihre linke Hand hin. Am dritten Finger leuchtete ein kleiner Smaragd.
Es war Jesse und ihr also ernst mit der Verlobung.
»Herzlichen Glückwunsch«, sagte ich. »Steht das Datum schon fest?«
»Wir fahren nächste Woche nach der Beerdigung nach Reno und heiraten dort in aller Stille.«
»Ich freue mich für Sie.«
In diesem Augenblick kam Vic aus Franks Büro. Als er mich

sah, lächelte er mir zu, doch ich wich seinem Blick aus und ging an ihm vorüber zu Carlos Bautista, der den Schreibtischsessel zum Fenster gedreht hatte und gedankenverloren in den Garten hinaussah.
»Guten Tag, Mr. Bautista.«
Er drehte sich um, ein gutaussehender, grauhaariger Mann, der besorgt die Stirn runzelte, als er die Schrammen auf meiner Stirn sah.
»Elena, hatten Sie einen Unfall?«
»Nur einen kleinen. Es ist nicht schlimm.«
»Gott sei Dank.« Dann wies er lächelnd auf meine verblichenen Jeans. »In diesem Museum muß sogar der Direktor kräftig mit zupacken, wie?«
Ich nahm die dargebotene Hand und spürte die Welle gegenseitiger Zuneigung zwischen uns. Carlos war Witwer, und ich fühlte seit langem, daß sein Interesse an mir über das rein Berufliche hinausging.
»Ich muß beim *gaucamole* und den *quesadillas* helfen«, sagte ich.
»Dann werden sie bestimmt köstlich schmecken.« Sein Lächeln erlosch, und er deutete zum Garten hinaus. »Sind das die Pflanzen, für die Frank Hunderte von Dollar unseres Geldes ausgegeben hat?«
Die dem Fenster am nächsten stehende Azalee hing immer noch krumm.
»Hm, ja.«
Er schüttelte nur den Kopf.
»Entschuldigen Sie mich einen Moment.«
Ich ging hinaus und sah mich nach dem Pfahl um, an dem ich die Pflanze hochbinden konnte. Er war nirgends. Doch schließlich entdeckte ich ihn in dem Schacht des Kellerfensters unter dem Bürofenster. Er war durch das Gitter gefallen. Ich kam mit der Hand nicht zwischen den Stäben hindurch und gab auf. Achselzuckend ging ich wieder hinein.

»Ich werde vor der Feier schon etwas finden, woran ich die Pflanze hochbinden kann«, sagte ich.
»Bitte, ja. So sieht es wirklich nicht schön aus.«
Ich setzte mich Carlos gegenüber. »Was wollte Vic von Ihnen?«
»Er hat ein paar Rechnungen, die er nicht zahlen kann. Wir haben bereits Mahnungen erhalten. Zum Glück sind sie von Leuten, die sicher bereit sein werden, noch ein wenig zu warten, wenn ich mit ihnen spreche.«
Zorn stieg in mir hoch. Die Rechnungen konnten nicht bezahlt werden, weil Tony erster Klasse nach Südamerika geflogen war, um auf private Rechnung Kunstschätze zu kaufen. Vielleicht sollte ich Carlos doch gleich von den Unterschlagungen berichten.
»Vic sieht nicht gut aus«, bemerkte Carlos, während ich noch überlegte.
»Wie meinen Sie das?«
»Müde. Und ich habe den Eindruck, daß er zuviel trinkt.«
»Er nimmt Franks Tod sehr schwer.«
»Das ist verständlich. Es war eine lange Freundschaft.«
Mir fiel ein, daß Carlos auch im Verwaltungsrat der Hernandez-Stiftung saß.
»Kannten Sie die beiden schon, als sie noch für die Hernandez-Stiftung arbeiteten?«
»O ja. Frank leistete dort sehr gute Arbeit. Deshalb schlug ich ihn als Direktor für dieses Museum vor.«
»Dann haben Sie sich sicher gefreut, daß er Vic mitbrachte?«
Carlos' Miene verdunkelte sich. »Ich habe Vic sehr gern.« Aber er hatte Vorbehalte.
»Ich auch. Er ist ein guter Buchhalter, nehme ich an, wenn ich auch gestehen muß, daß ich über die Finanzen des Museums kaum etwas weiß.«
»Das werden Sie schon lernen. Der Direktor muß mit allen Aspekten vertraut sein.«

»Direktor?«
»Sie sind die logische Nachfolgerin für Frank. Ihre Arbeit in den vergangenen fünf Jahren hat mich sehr beeindruckt. Ich hätte Sie nicht zur geschäftsführenden Direktorin ernannt, wenn ich nicht ernsthaft erwöge, Ihnen die Leitung des Museums zu übertragen.«
Meine Freude war von kurzer Dauer, als ich mir überlegte, wie Carlos sich wohl zu mir stellen würde, wenn man mich wegen des Mordes an Frank festnahm.
Ich murmelte ein Wort des Dankes und brachte das Gespräch wieder auf Vic.
»Nun, gut, daß Vic dasein wird. Von ihm kann ich sicher viel lernen.«
Wieder verdunkelte sich Carlos' Gesicht.
»Beim Personal wird es möglicherweise Veränderungen geben.«
»Zum Beispiel?«
»Tony wird sicherlich gehen. Alles, was eigentlich zu seinen Aufgaben gehört, erledigen die ehrenamtlichen Mitarbeiter. Und vielleicht auch Vic.«
Ahnte Carlos etwas?
»Warum Vic?«
»Würden Sie die Tür zumachen, Elena?«
Ich schloß die Tür und setzte mich wieder.
»Solange ich Vic kenne«, begann Carlos, »hat er gewisse Schwierigkeiten. Sein Leben lang hat sein unscheinbares Äußeres ihn daran gehindert, eine wirklich gute Stellung als Buchhalter zu bekommen. Dafür hatte er eine sehr schöne Frau. Sie verließ ihn, kurz ehe er bei der Hernandez-Stiftung anfing, und nahm ihr einziges gemeinsames Kind, ein kleines Mädchen, mit. Vic war todunglücklich. Er schickte viel höhere Unterhaltszahlungen, als er von Gesetzes wegen hätte leisten müssen, so sehr liebte er das kleine Mädchen, obwohl er es nie zu sehen bekam.« Carlos machte eine Pause, als wünschte er, er müßte nicht fortfahren. »Als Vic un-

gefähr zwei Jahre bei der Stiftung war, wurde das Kind schwer krank. Ich weiß nicht mehr, was es hatte.«
»Eine Nierensache«, sagte ich, mich des Gesprächs mit Vic erinnernd.
Carlos nickte. »Die Frau hatte keine Krankenversicherung. Das Kind war nicht in Vics Versicherung eingeschlossen. Und die Behandlung war teuer. Vic kratzte das Geld für die Krankenhäuser und die Ärzte irgendwie zusammen, aber das Kind starb innerhalb weniger Monate. Und ziemlich bald nach seinem Tod entdeckten wir – gewisse Unregelmäßigkeiten in den Büchern.«
»Er hatte Geld für die Behandlung unterschlagen.«
»Ja.«
»Gab er es zu?«
»Ja.« Carlos seufzte. »Da sprang Frank für ihn in die Bresche. Er sagte, er würde den Schaden wiedergutmachen, wenn wir Vic behielten. Er sagte, es würde nie wieder vorkommen. Es waren ja auch außergewöhnliche Umstände gewesen. Er hielt ein richtiges Plädoyer vor dem Verwaltungsrat, bei dem er an uns als Eltern appellierte.«
»Und daraufhin behielten Sie Vic.«
»Ja. Und es ist auch nie wieder etwas vorgekommen.«
»Warum wollen Sie ihn dann jetzt entlassen?«
»Sagen wir, ich möchte einen ganz neuen Anfang machen. Obwohl nie wieder etwas vorkam, hatte ich bei Vic immer ein ungutes Gefühl. Es mag Ihnen unfair erscheinen, aber ich konnte nicht vergessen, daß Frank derjenige gewesen war, der ihm aus der Patsche geholfen hatte. Und ich hatte seither ständig das Gefühl, daß er Vic zu allem kriegen könnte, wenn er es wollte.«
Carlos hatte also Frank so wenig getraut wie wir anderen. Und Vic – jetzt war mir klar, warum er bei dem Kunstschwindel mitgemacht hatte. Frank hatte ihn wahrscheinlich gezwungen, die Schecks zu unterschreiben, indem er an seine Dankbarkeit und sein Schuldgefühl appelliert hatte. Die

Frage war, ob Vic unter dem Druck solcher emotionaler Erpressung vielleicht den Punkt erreicht hatte, wo er getötet hatte.
Ich sah bedrückt zum Fenster hinaus.
»Machen Sie nicht so ein trübes Gesicht, Elena.« Carlos stand auf. »Es ist der fünfte Mai. Heute abend steigt ein großes Fest.« Das Lächeln, mit dem er mich ansah, war müde und zynisch.
»Ja, ein Fest.« Ich hielt inne. Es war keine fünf Stunden mehr bis zur Feier. Meine Geschichte von den Unterschlagungen würde ihn vielleicht angesichts seiner Gefühle für Frank und Vic gar nicht aus allen Wolken stürzen. Vielleicht –
»Señor Bautista«, rief Maria von draußen. »Ihr Büro ist am Telefon.«
»Entschuldigen Sie mich«, sagte Carlos.
Ich wollte gehen.
»Nein«, fügte er hinzu, »ich nehme den Anruf draußen an. Und wir sehen uns um sechs.«
Er ging und ließ mich allein in Franks Büro zurück. Mir fiel die kopfhängerische Pflanze draußen ein, und ich ging zum Fenster. Nachdem ich es geöffnet hatte, sah ich zum Gitter hinunter. Vielleicht konnte ich etwas hinunterlassen, den gebogenen Haken eines Kleiderbügels zum Beispiel. Nein, da würde der Pfahl herausrutschen. Ich würde statt dessen jemanden eine neue Latte besorgen lassen. Seufzend schloß ich das Fenster, schlug es ziemlich heftig zu, und da fiel der lose alte Riegel von selbst herunter. Und im selben Moment sah ich den Sprung.
Es war nur ein kleiner Sprung, haarfein, unten an der linken Fensterscheibe. Er war noch nicht dagewesen, als die Mitglieder des Verwaltungsrats vor unserem Umzug ihren Inspektionsgang gemacht hatten.
Ich strich mit dem Finger leicht über den Sprung, dann setzte ich mich in Franks Drehsessel. Ich schwang ihn herum und sah in den Garten hinaus, zu der hängenden Azalee. Ich

schwang ihn wieder herum und sah zur Wand hinauf, zu dem jetzt leeren Haken, wo Franks Schlüssel gehangen hatten; die Schlüssel zur Alarmanlage und zum Vorhängeschloß am Hoftor. Die Schlüssel, die mir jemand entwendet hatte. Die Geschichte dieser Schlüssel mußte man kennen, wenn man Franks Mörder entlarven wollte.
Ich saß in dem Sessel und versuchte mir vorzustellen, wie der Mord verübt worden war ...
Wenn meine Bilder richtig waren, erweiterte sich das Spektrum der möglichen Verdächtigen. Der Mörder hatte wahrscheinlich ...
»Elena?« Wieder war es Maria.
»Ja?«
»Wir müssen das Essen richten. Können Sie jetzt –«
»Nein.« Ich stand auf.
»Sie wollten doch das *guacomole* machen.«
»Tut mir leid, Maria, ich kann nicht. Fragen Sie Susana. Ihres ist auch sehr gut.«
»Aber –«
»Bitte erinnern Sie alle an die Besprechung um vier. Ich möchte alle dabeihaben – das Personal, die Ehrenamtlichen, Jesse und Susana. Alle, die heute abend helfen, müssen dabeisein, damit wir in aller Einzelheit den Ablauf besprechen können.«
Maria runzelte irritiert über meine Brüskheit die Stirn.
»Ist das klar? Alle!«
»Ja.«
»Gut. Ich bin um vier wieder da. Wir treffen uns in Ihrem Büro. Bis dann.«
Ich hatte etwas mehr als zwei Stunden, um Kirk zu erreichen und mich seiner Unterstützung zu versichern, wenn ich dem Mörder eine Falle stellte.

14

Am sichersten war es, Kirk von meinem Haus aus anzurufen, wo keiner mithören konnte. Aber Lieutenant Kirk war nicht im Haus.
Wo er wäre, fragte ich ungeduldig.
Man riet mir, eine Nachricht zu hinterlassen; der Lieutenant würde sich dann bei mir melden. Ich hinterließ eine; mit dem Vermerk »dringend«.
Und dann setzte ich mich nieder, um nachzudenken. Eine Falle war nötig, ob mit oder ohne Kirks Hilfe; eine, die den Killer eindeutig entlarven würde. Ich schob verschiedene Ideen hin und her, während ich ruhelos auf das Läuten des Telefons wartete. Vielleicht konnte Kirk hierherkommen, und wir konnten gemeinsam –
Das Telefon läutete. Ich riß den Hörer von der Gabel. Es war meine Mutter.
»Ach, gut, daß du zu Hause bist. Alles in Ordnung?«
»Ja, Mama.«
»Warst du beim Arzt?«
»Noch nicht.«
»Elena, du bist viel zu leichtsinnig. Versprich mir, daß du nach eurer Eröffnungsfeier zum Arzt gehst.«
»Ja, gut. Aber jetzt –«
»Was ziehst du zur Feier an?«
Lieber Gott, sie redete von Kleidern, während ich praktisch schon mit einem Fuß im Gefängnis stand.
»Ich weiß noch nicht, Mama, ich muß Schluß machen. Ich –«
»Ja, ich weiß, du hast viel zu tun. Bis später dann. Ich komme natürlich mit Nick zur Eröffnung. Und morgen –«
»Ja, ja, morgen gehe ich zum Arzt.«
Mit einem Stoßseufzer der Erleichterung legte ich auf, erwartete eigentlich, daß das Telefon gleich wieder zu läuten anfangen würde. Als nichts geschah, setzte ich mich in mei-

nen Schaukelstuhl und schmiedete weiter meine Pläne. Wenn das so weiterging, hatte ich, bis Kirk anrief, den ganzen Plan beisammen.
Ich ging zu dem Regal, wo ich meine Sammlung von silbernen *milagros* aufbewahrte. Diese Opfergaben, die in vielen Kirchen Mexikos verkauft werden, sind Ausdruck der Beziehung unseres Volkes zu unseren Heiligen und ihrer Wundertätigkeit. Man kauft ein *milagro,* das jenen Teil des Körpers symbolisiert, an dem eine Heilung stattgefunden hat, und hängt es auf ein Samttuch in der Kirche.
Das erste *milagro,* das ich herunternahm, war eine stilisierte Darstellung eines Frauenkopfes. Mit einem Lächeln über die Ironie berührte ich flüchtig die Schrammen an meiner Stirn. Ich holte eine Schachtel für die *milagros,* packte jedes einzelne in sein Filzetui und verstaute es in der Schachtel. Als das erledigt war, konnte ich nur noch warten.
Wieder läutete das Telefon. Diesmal war es meine Schwester Carlota aus Minneapolis. Sie machte sich Sorgen um mich. »Mama hat mir erzählt, daß du niedergeschlagen worden bist«, begann sie ohne Umschweife, »und daß die Polizei dich verdächtigt, Frank de Palma umgebracht zu haben. Ist das wahr, oder übertreibt sie?«
»Nein, nein, es ist schon wahr.«
»Ich soll dir sagen, du sollst zum Arzt gehen.«
Ich stöhnte nur.
»Ich weiß. Ich geb's nur weiter. Wie geht's dir sonst?«
»Gut. Sei mir nicht böse, Carlota, aber ich hab noch einen Haufen zu tun. Kann ich dich morgen zurückrufen?«
»Natürlich. Viel Glück, Elena. Und gib auf dich acht.«
»Ja. Bis morgen.«
Ich kehrte zu meinem Schaukelstuhl zurück. Die Minuten krochen dahin. Kirk rührte sich nicht. Nun, ich brauchte ihn ja nicht unbedingt, um meinen Plan anzuleiern. Er hatte gesagt, er würde zur Eröffnung kommen, da konnte ich ja dann mit ihm sprechen.

Ich duschte, nahm eine Tablette, da die Kopfschmerzen wieder angefangen hatten, und schlüpfte in das weiße Baumwollkleid, das ich mir extra für die Feier gekauft hatte. Sah ganz gut aus.
Ehe ich ging, versuchte ich noch einmal, Kirk zu erreichen, aber er war immer noch nicht da. Ich klemmte die Schachtel mit den *milagros* unter den Arm, sperrte ab und fuhr ins Museum zurück.

Die Vorbereitungen liefen auf vollen Touren. Über dem Portal flatterten Fähnchen in Rot, Grün und Weiß, den mexikanischen Nationalfarben. Ehrenamtliche Helfer eilten mit Klapptischen und Klappstühlen hin und her. Auf dem Parkplatz stand ein Lieferwagen, aus dem zwei Männer Musikinstrumente abluden.
Ich stellte meinen Wagen in der gegenüberliegenden Ecke des Platzes ab, sperrte das Hoftor auf und ging auf diesem Weg hinein. Ich ging sofort in den Keller und stellte die Schachtel mit den silbernen *milagros* hinter einige Kartons neben einem der Regale. Ich sah mich nach der Taschenlampe um, die ich die anderen Male, als ich hier unten gewesen war, vorgefunden hatte, und entdeckte sie am Fuß der Treppe. Alles war bereit.
Rasch lief ich wieder nach oben und steckte den Kellerschlüssel ein, nachdem ich abgesperrt hatte. Dann ging ich zu unserer Besprechung in den Bürotrakt hinüber.
Marias Büro war schon voller Menschen. Sie standen um den Schreibtisch herum oder hockten auf dem Boden. Alle waren noch in Arbeitskleidung und wirkten müde und erhitzt. Ich beschloß, die Besprechung kurz zu machen, damit ihnen noch Zeit blieb, ein wenig auszuspannen und sich in Ruhe umzuziehen, ehe die ersten Gäste eintrafen.
Maria entdeckte mich sofort, als ich kam, und winkte mir. Sie bot mir einen Sessel an, aber ich lehnte ab und lehnte mich statt dessen an die Schreibtischkante. Ich klopfte mit

dem Brieföffner an Marias Kaffeetasse. Gleich wurde es still.

»So weit ich sehen kann, ist alles zum Start bereit«, sagte ich. »Aber ich werde nach der Besprechung auf jeden Fall noch einen Rundgang machen und Einzelheiten überprüfen.«

»Und danach jede Viertelstunde bis zum Eintreffen der Gäste wieder einen«, bemerkte Jesse aus dem Hintergrund. Sein Ton war gutmütig, und er lächelte. Die harten Worte, die wir am vergangenen Morgen getauscht hatten, schien er vergessen zu haben.

»Richtig«, sagte ich lachend. »Aber jetzt möchte ich mich vor allem vergewissern, daß jeder weiß, was er zu tun hat. Jesse, Sie und Maria, nehmen die Eintrittskarten entgegen, nicht wahr?«

»Ja.«

»Gut. Isabel, Sie und Vic sind für das Essen zuständig. Und Sie beaufsichtigen auch die Leute, die bedienen, richtig?«

»Ja.«

»Gut. Und die Drinks? Tony?«

»Das Eis ist in den Kübeln. Die Margaritas haben wir schon gemixt, das Bier steht kalt. Und Limonade ist auch genug da.«

»Susana hilft Ihnen beim Ausschenken?«

»Ja.«

»Gut. Die Mariachi-Band ist auch schon da. Ich spreche nachher noch wegen der Musik mit ihnen. Alle, die zum Putzkommando gehören, bitte überprüfen Sie die Säle regelmäßig, nicht daß unsere Stücke Schäden davontragen, weil die Leute mit dem Essen oder ihren Drinks nicht aufpassen. Achten Sie darauf, daß möglichst in den Ausstellungsräumen nicht geraucht wird. Und sammeln Sie immer gleich die schmutzigen Teller und Gläser ein. Damit erleichtern Sie sich die Arbeit hinterher. Habe ich noch etwas vergessen?«

Schweigen.

»Okay, bitte seien Sie alle spätestens um halb sechs wieder

hier. Auch wenn wir die Veranstalter sind, hoffe ich, daß wir alle uns auf unserem Fest amüsieren.«
Allgemeines Gemurmel, dann standen die ersten Leute auf.
»Augenblick noch.« Ich hielt die Hand hoch und wartete, bis es wieder ruhig geworden war. »Eine Sache wollte ich noch besprechen. Ich hoffe, es dämpft die Freude an diesem Abend nicht, aber es handelt sich um etwas, das Sie wissen müssen.«
Die Gesichter wurden ernst.
»Ich habe gewisse Unregelmäßigkeiten im Museum entdeckt. Es handelt sich um Gegenstände, die nicht uns gehören, aber in unserem Keller gelagert wurden. Ich fand sie, und sie wurden ohne meine Erlaubnis entfernt, ehe ich die Polizei informieren wollte.« Ich wartete und sah von einem Gesicht zum anderen. Ich sah unterschiedliche Nuancen von Überraschung, aber sonst nichts.
»Zu unserem Glück hat die Person, die die Gegenstände wegbrachte, einen kleinen Karton mit silbernen *milagros* übersehen. Ich habe ihn unten stehengelassen, um ihn der Polizei zu zeigen. Vorsichtshalber habe ich die Kellertür abgesperrt.« Ich zog den großen Schlüssel aus meiner Tasche und hielt ihn hoch. »Ich hielt es für richtig, Sie darüber aufzuklären, warum der Keller bis auf weiteres Sperrgebiet ist.« Ich wandte mich Maria zu. »Kann ich den Schlüssel zu Ihrem Schreibtisch haben?«
»Ja, aber –«
»Ich möchte diesen Schlüssel in Ihrem Schreibtisch einsperren. Er ist groß und schwer. Ihr Schreibtischschlüssel läßt sich besser an meinem Bund festmachen.«
»Oh.« Sie griff in ihre Handtasche und reichte mir den Schlüssel. Das Schloß war so ein windiges Ding, das man jederzeit mit einer Nagelfeile oder Kreditkarte öffnen konnte. Vor allen Zeugen sperrte ich den Kellerschlüssel in die Schreibtischschublade.

»So«, sagte ich, »und jetzt viel Spaß.«
Alle gingen hinaus, und ich zog mich in mein Büro zurück. Jetzt war alles bereit; die Falle war gestellt, ich brauchte Kirk nur noch alles zu erklären, wenn er kam. Es war Zeit, daß ich mich jetzt meinen Pflichten als geschäftsführende Direktorin widmete.
Als ich mich umdrehte, sah ich Tony an der Tür stehen.
»Elena, kann ich Sie einen Moment sprechen?«
»Natürlich, Tony.« Mit einer Handbewegung bat ich ihn herein.
Er blieb unsicher in der Mitte des Raumes stehen.
»Elena, diese Sachen im Keller – warum müssen Sie die der Polizei zeigen?«
»Warum? Finden Sie, ich sollte es nicht tun?«
»Das habe ich nicht gesagt. Ich weiß ja nicht einmal, was für Dinge das sind.«
»Nein, Tony?«
»Woher sollte ich es wissen? Ich war nicht im Keller.«
»Nein?«
Er rieb sich die Stirn. »Elena, Sie antworten mir auf jede Frage mit einer Gegenfrage.«
»Ja, Tony. Was wollen Sie denn eigentlich?«
»Ich möchte wissen, was das für Dinge sind, die Sie im Keller gefunden haben.«
»Sie sind nicht mehr im Keller. Jemand hat sie weggebracht.«
»Was waren es für Dinge?«
»Das wissen Sie doch, Tony.«
Er ballte die Fäuste. »Ich weiß es nicht.«
»Tony, die Polizei wird Ihren Paß sehen wollen.«
»Meinen – was hat mein Paß damit zu tun?«
»Sehr viel. Denken Sie nur an all die bunten Stempel mit den Daten. Die Ihre Reisen nach Südamerika beweisen.«
»Reisen?« Er versuchte, den Unschuldigen zu spielen, wirkte aber eher wie ein gefangenes Tier.

»Ja, Reisen. Der Kauf der Tickets hätte sich vielleicht verheimlichen lassen – wenn Sie und Ihre Komplicen nicht so dumm gewesen wären, sich des Reisebüros und des Scheckbuchs des Museums zu bedienen –, aber die Beweise in Ihrem Paß lassen sich nicht vertuschen.«
Tonys Gesicht war aschfahl.
»Sie sehen, ich weiß Bescheid, Tony. Ich wollte nur bis nach der Eröffnung damit warten, den Verwaltungsrat damit zu konfrontieren – und die Polizei zu informieren.«
»Elena – das Museum! Der Skandal!«
»Das Museum wird den Skandal schon überleben.«
»Aber wem gehört Ihre Loyalität?«
»Sie reden mir von Loyalität? Wo war denn die Ihre, als Sie sich auf diesen Schwindel einließen?«
»Frank sagte, es würde niemandem schaden.«
»Frank sagte während seines Lebens viel Unwahres.«
»Elena, die Toten – er ist noch nicht einmal unter der Erde.«
»Das ändert nichts an den Tatsachen.«
»Elena, Sie können das nicht tun.«
Er kam einen Schritt näher und hob die Arme, als wollte er sie mir auf die Schultern legen. Plötzlich hatte ich Angst. In meinem Zorn hatte ich eine explosive Situation heraufbeschworen. Ich hätte überhaupt nicht mit Tony sprechen sollen. Vielleicht war er ja der Mörder.
Ich hob die Hände und nahm die seinen. Sie waren eiskalt und zitterten.
»Okay, Tony, beruhigen Sie sich.«
»Aber Sie dürfen das nicht tun!« Seine Stimme schwoll an.
»Pscht. Schreien Sie nicht so.«
»Denken Sie, wenn schon nicht an mich, dann an Susana. Was ihr geschehen wird. Die Deportation. Diese Schande . . .«
»Gut, Tony. Ich sag Ihnen was: Wir sprechen nach dem Fest

noch einmal darüber.«
Ein Hoffnungsschimmer blitzte in seinen Augen auf. War es Verstellung?
»Sie werden es sich noch einmal überlegen?«
»Ich werde wahrscheinlich während der ganzen Feier an nichts anderes denken. Aber Sie müssen auch Ihr Teil tun, Tony.«
»Mein Teil?«
»Sie müssen für die Getränke sorgen, wie geplant, und mit keinem Menschen über diese Sachen sprechen – auch nicht mit Susana.«
Ich ließ seine Hände los. Seine Arme fielen schlaff herab.
»Elena, Sie werden das nicht bereuen.«
Wenn das nicht Theater war, konnte Tony mir nur leid tun – Opfer einer lebenshungrigen jungen Frau, die ihm wahrscheinlich die Zuwendung verweigerte, wenn er ihr nicht den Luxus bot, den sie sich wünschte; ausgenutzt von Frank, der ihn zugleich vor anderen verhöhnt hatte. Und jetzt schien er ernstlich zu glauben, ich würde meinen Entschluß, die Unterschlagungen auf den Tisch zu bringen, ändern, nur weil er für Susana gebeten hatte. Armer Tony.

15

El Cinco de Mayo. Der Tag des Sieges über die Franzosen in Puebla. Mit Glück würde heute auch mir ein Sieg gelingen.
Ich stand beim Torbogen zum Mittelhof und sah dem Treiben zu. Es war erst sieben Uhr, aber das Museum war schon zum Brechen voll. Bei einem Eintrittspreis von fünfzig Dollar pro Person würden sich da unsere Kassen füllen. Merkwürdig – eine Woche zuvor hätte mich dieser Gedanke noch erregt. Ich hätte heimliche Pläne geschmiedet, wie ich Frank

das Geld lange genug vorenthalten konnte, um ein paar wirklich gute Landschaften zu erwerben und unsere spärliche Sammlung von Kunstwerken aus der Reformzeit aufzustocken. Jetzt gingen mir ganz andere Gedanken durch den Kopf.

Welcher meiner Mitarbeiter war der Mörder? Wen unter diesen Menschen, die ich im großen und ganzen mochte, würde ich der Polizei in die Hände liefern? Ich war aufgeregt, nervös, und ein bißchen Angst hatte ich auch. Ich wünschte, es wäre alles schon vorbei.

Ich sah zum Portal, wo Maria und Jesse die Eintrittskarten entgegennahmen. Maria hatte das dunkle Haar hochgesteckt, ihre Lippen und ihre Fingernägel waren blutrot. Wenn der Strom der Gäste einmal ins Stocken kam, wandte sie sich Jesse zu, um ihm hinter vorgehaltener Hand mit blitzenden Augen etwas zuzuflüstern. Und er flüsterte lachend zurück. Der Verlobungsring funkelte an Marias Hand.

Für Jesse und Maria hatte das Leben eine radikale Wendung genommen. Kein Frank mehr, der Maria das Leben zur Hölle machte und Jesse damit drohen konnte, seine Kunstwerke nicht auszustellen. Den beiden lachte eine glückliche Zukunft – wenn nicht einer von ihnen Frank getötet hatte. Ich beobachtete sie einen Moment lang mit zusammengekniffenen Augen, ehe ich in den Hof hinausging.

Das Buffet war auf der linken Seite und schon von festlich gekleideten Menschen umgeben, die nach *quesadillas* und *taquitos* griffen, nach *jicama* und *guacamole.* Vic kam mit einer Platte Tortillas aus der Küche. Isabel folgte und zeigte ihm, wo er es abstellen sollte. Sie sah schlecht aus, und auf ihrer gerüschten Folklorebluse leuchtete ein orangefarbener Limonadenfleck.

An der Bar war ein noch dichteres Gedränge als am Buffet. Hinter der Theke standen Tony und die ständig kichernde Susana und schenkten Margaritas aus, Bier und Limonade. Tony, im Smoking, sagte gerade grinsend zu einem Gast:

»Die Margaritas haben es in sich. Da lassen sich die Kunstschätze leichter bewundern.«
Ich blieb stehen, und die Frau hinter mir stieß mit mir zusammen. Ich entschuldigte mich freundlich, obwohl ich Tony am liebsten den Hals umgedreht hätte. Wie kam ausgerechnet er dazu, sich so abfällig über die »Kunstschätze« zu äußern? Der Kerl hatte keine Ahnung.
Ich hielt ihm mein Glas hin, und als er mich ansah, erlosch das spöttische Grinsen. Seine Hand zitterte ein wenig, als er mir einschenkte. Etwas Flüssigkeit rann über meine Finger.
Tony hatte mich stets als *quantité négligeable* betrachtet. Und das war ich unter Frank auch gewesen. Er hatte sich nie träumen lassen, daß ich zur geschäftsführenden Direktorin ernannt werden und noch weniger, daß ich die Unterschlagungen entdecken würde. Nach Franks Tod hatte er erwartet, daß man ihn zum Direktor berufen, er ein dickes Gehalt einstecken würde und sich die verhaßten Reisen nach Südamerika sparen konnte. Ganz zu schweigen davon, daß nun keiner sich mehr über ihn lustig machen würde.
Ich wischte mir die Finger an einer Serviette ab und warf Susana, die gerade wieder einmal besonders schrill kicherte, einen verächtlichen Blick zu, ehe ich zu meinem vorigen Platz am Torbogen zurückkehrte.
Männer in Smoking und Frauen in langen fließenden Kleidern, manche auch in mexikanischen Folklorekostümen, gingen auf dem Rasen umher oder standen plaudernd in Gruppen beieinander. Sie aßen und tranken und lachten, während die Band auf dem Podium in einer Ecke des Hofs lateinamerikanische Rhythmen spielte. Nach einer Weile entdeckte ich meine Mutter und Nick am Buffet. Sie trug ein leuchtendrotes bäuerliches Kleid, er ein *charro*-Kostüm mit dem dazugehörigen breitkrempigen Hut. Als sie mich sahen, winkten sie mir fröhlich zu.
Alle Welt war hier und alle Welt amüsierte sich. Außer mir.

Ich war nervös, meine Hände waren klamm. Die Zeit verging, und noch immer hatte ich den einen nicht gesehen, nach dem ich Ausschau hielt.
Wieder ließ ich den Blick über das Gewühl schweifen, und da sah ich ihn plötzlich. Dave Kirk stand, wie immer in seinem braunen Anzug, bei der Band. Unsere Blicke trafen sich, und er hob grüßend seine Limonadendose. Auf seinem Gesicht lag ein spöttisch fragender Ausdruck. Er hatte also die Nachricht, die ich ihm hinterlassen hatte, bekommen. Ich war erleichtert und erwiderte den Gruß, indem auch ich mein Glas hob.
Als ein Helfer mit einem Tablett leerer Gläser vorüberkam, stellte ich meines dazu. Noch einmal ging ich meinen Plan durch und überlegte, wie ich ihn Kirk präsentieren wollte. Was ich sagte, mußte durchdacht klingen, sonst würde er mir gar nicht erst zuhören. Er hatte sich ja von Anfang an über meine Informationsfreudigkeit mokiert. Seine Vermutung, daß sich der Mörder nicht über Nacht im Museum versteckt hatte, war richtig. Aber sonst hatte er, soviel ich wußte, von den Fakten, die ich ihm geliefert hatte, keinen Gebrauch gemacht. Er hatte meines Wissens nicht einmal versucht, den Todesbaum, die Mordwaffe, aufzuspüren. Aber jetzt mußte er doch einsehen, daß mein Plan Hand und Fuß hatte, und mir seine Unterstützung geben.
Ich setzte mich in Bewegung. Doch ehe ich Kirk erreichte, verschwand er in einem der Ausstellungsräume. Ich drängte mich zwischen den Leuten durch, um ihm zu folgen.
Drinnen war es nicht halb so voll wie im Garten. Die Gäste interessierten sich offensichtlich mehr für die leiblichen als die geistigen Genüsse. Im Saal für Kolonialkunst war Kirk nicht. Dafür stand auf einer der neuen Vitrinen ein zur Hälfte gefülltes Glas. Verärgert nahm ich es an mich und ging weiter in den nächsten Raum. Dort unterhielten sich ein paar jüngere Frauen über die Landschaft von Velasco.
»Also, das Mexiko, das ich kenne, sieht anders aus.«

»Was kennst du denn von Mexiko außer der Bar in eurem Hotel in Acapulco?«
Die andere lachte. »Die Zimmerdecke unseres Schlafzimmers, mein Engel.«
Sie verstummten betreten, als sie mich sahen. Ich lächelte und setzte meine Suche nach Kirk fort.
Er war auch nicht im Saal für zeitgenössische Kunst. Ich eilte weiter in den Volkskunstsaal. Dort stand eine kleine Gruppe vor den *camaleónes.*
»... *camaleónes?*«
»... wirklich grotesk.«
»Nicht halb so grotesk wie das, was hier, genau an dieser Stelle, neulich abends passierte.«
»Hier war das?«
»Genau hier auf dem Boden lag er.«
»Schrecklicher Tod.«
»Von einem Zentner Keramik erschlagen.«
»Na, der schmierige Fettwanst mußte ja immer eine Extrawurst haben.«
Sie lachten alle. Ich fand es ekelhaft.
»Entschuldigen Sie«, sagte ich steif und drängte mich an ihnen vorbei zur Hoftür.
Verlegenes Schweigen breitete sich hinter mir aus. Dann setzte das Gemurmel wieder ein, und jemand begann schrill zu lachen.
Warum kommen sie überhaupt her? dachte ich zornig. Warum bleiben sie nicht auf ihrer Seite der Stadt, wenn sie uns nicht mögen? Weil es ›in‹ ist, Interesse an Minderheitenkultur zu heucheln, wenn man nicht gerade segelt oder Golf spielt.
Wo zum Teufel war Dave Kirk hingeraten? Es war schon acht Uhr. Die Band spielte jetzt eine flotte Mariachi-Melodie.
Hastig sah ich mich im Hof um. Jesse und Maria hatten sich von zwei ehrenamtlichen Helfern ablösen lassen. Vic und

Isabel waren nirgends zu sehen, aber das Buffet war üppig bestückt. Tony hatte Susana allein an der Bar zurückgelassen. Keiner meiner Verdächtigen war in Sicht. Jeden Moment jetzt konnte der Mörder seinen nächsten Schachzug machen.

Vielleicht war Kirk im Bürotrakt. Ich lief hinüber und stieß die Tür auf. Und da war er wirklich. Er saß auf Marias Schreibtisch und telefonierte. Ich stellte das Glas, das ich immer noch in der Hand hielt, weg und wartete.

»Gut, geht in Ordnung.« Er legte auf. »Oh, natürlich, Miss Oliverez. Sie wollten mich sprechen.«

»Ja, dringend. Ich habe einen Plan –«

»Einen Plan?« wiederholte er zerstreut.

»Um den Mörder zu fassen.«

»Das glaube ich Ihnen gern, aber das muß warten.«

Er machte sich auf den Weg zur Tür.

»Aber es kann nicht warten!«

Er drehte sich um. Gereizt. »Draußen auf der Hope Ranch ist ein Mord verübt worden. Ich muß sofort hin.«

»Aber ich habe –«

»Miss Oliverez, ich bin Kriminalbeamter beim Morddezernat. Mordfälle haben Vorrang. Sie können mir Ihren Plan unterbreiten, wenn ich zurückkomme.«

»Und wann ist das?«

»Später.« Er ging zur Tür hinaus.

Niedergeschmettert ließ ich mich in Marias Schreibtischsessel fallen. Später. Wann denn? Ein Mord auf der Hope Ranch, so? Kein Wunder, daß Kirk es eilig hatte. Dort draußen wohnten die Reichen und Einflußreichen von Santa Barbara. Da mußte das lumpige kleine Museum für mexikanische Kunst natürlich warten.

Elena, sagte ich mir streng, du leidest an Verfolgungswahn. Natürlich mußte er da sofort hinausfahren. Es war wichtig, daß er den Tatort eines Mordes so rasch wie möglich in Augenschein nahm. Obwohl ich Kirk wahrhaftig nicht gut

kannte, vermutete ich, daß Reichtum und Einfluß ihn nicht im geringsten beeindrucken konnten – jedenfalls wenn es um Mord ging.
Aber was sollte nun aus meinem Plan werden? Ich warf einen Blick auf die Schublade, in der ich den Kellerschlüssel eingeschlossen hatte. Sie war geschlossen; nichts deutete darauf hin, daß sich jemand an ihr zu schaffen gemacht hatte. Ich zog meine Schlüssel heraus und sperrte auf. Der schwere eiserne Schlüssel war unberührt. Der Mörder war noch nicht hier gewesen.
Ich ging in mein eigenes Büro und frischte meinen Lippenstift auf. Ich brauchte ein bißchen Ruhe, um über meine Enttäuschung über Kirk hinwegzukommen.
Ich hörte die Tür zum Bürotrakt gehen und wich an die Wand zurück, in den Schatten, wo mich keiner sehen konnte. Ich hörte Schritte, dann ein Klirren. Ich schlich mich zur Tür, hörte, wie eine Schublade aufgezogen wurde. Vorsichtig spähte ich um den Türpfosten herum.
Dort stand Jesse, die Hand in der Schublade.
Jesse! Lieber Gott, doch nicht er ...
Ich wich wieder zurück. Er durfte mich jetzt nicht sehen. Die Schublade glitt wieder zurück. Jesse ging hinaus, in Richtung zur Hoftür.
Wieso zur Hoftür? Er hätte doch in den Keller gehen müssen!
Ich rannte ihm nach. Er bahnte sich einen Weg durch die Menge zum Portal. Wieso wollte er jetzt weggehen?
Ich arbeitete mich nickend und lächelnd durch das Gewühl, während ich versuchte, Jesse im Auge zu behalten. Als ich zum Portal kam, stieg er drüben auf der anderen Straßenseite gerade in seinen alten Chevrolet. Wie eine Besessene raste ich zu meinem Wagen auf den Parkplatz. Ich durfte ihn jetzt nicht verlieren.
An der Ausfahrt vom Parkplatz mußte ich warten, um zwei alte Damen vorüberzulassen. Dann gab ich Gas und schoß

auf die Straße hinaus. Jesse war bereits an der nächsten Ecke und bog links ab.

Ich überfuhr das Stoppzeichen, dann nahm ich Gas weg. Der alte Chevy war leicht im Auge zu behalten, und ich wollte nicht, daß Jesse mich hinter sich bemerkte. Alle Verkehrsregeln brav beachtend, fuhr ich hinter ihm her und dachte die ganze Zeit daran, daß ich meinen Führerschein nicht bei mir hatte.

Auch Jesse fuhr langsam, als wüßte er nicht recht, wohin er wollte. An der State Street bog er wieder links ab und fuhr bis zur Cabrillo-Straße hinunter, die direkt am Wasser entlangführte. Dort bog er ab und fuhr in nördlicher Richtung, an den Stränden und am Jachtclub vorbei. Am Shoreline-Park lenkte er seinen Wagen auf den fast leeren Parkplatz.

Ich hielt an, weil ich fürchtete, er würde mich sehen, wenn ich auf den Parkplatz abbog. Die Sonne war untergegangen. Ein Abglanz ihres Lichts spielte noch über das blaugraue Wasser. Der Park selbst war dunkel. Jesse fuhr bis zur vordersten Parkreihe. Seine Bremslichter flammten auf und erloschen. Ich konnte im verblassenden Licht die Silhouette seines Kopfes erkennen. Er schien aufs Meer hinaus zu blicken.

Was tat er dort? Wenn er der Mörder war, hätte er jetzt im Keller sein und die *milagros* herausholen müssen.

Endlich ging die Tür des Chevy auf, und Jesse stieg aus. Einen Moment blieb er neben dem Wagen stehen, dann ging er über den Rasen in die Bäume. Ich fuhr auf den Parkplatz, ließ den Wagen stehen und folgte. Er ging langsam auf die kleine Landzunge zu, von der man weiten Blick auf das Meer hatte, und setzte sich dort an einen Picknicktisch. Ich wartete im Schatten.

Ungefähr fünf Minuten saß Jesse so. Es wurde jetzt rasch dunkel, und ich konnte ihn kaum noch erkennen. Dann stand er auf und ging zu einem Grillplatz in der Nähe. Sekunden später sah ich ein Streichholz aufflammen, gleich darauf schoß eine Flamme in die Höhe.

Was verbrannte er da? Beweismaterial? Ich rannte über das Gras.
Er wirbelte herum, als er mich hörte. Er ließ den brennenden Gegenstand auf den Grillplatz fallen. Ich versuchte, ihn zu fassen, aber ich verbrannte mir die Finger und zog hastig die Hand zurück.
»Was hat das zu bedeuten?« fragte ich. »Was tun Sie hier?«
Jesse starrte mich an. Sein Gesicht wirkte verkrampft und angespannt im Schein der Flammen. Dann wich plötzlich alle Spannung von ihm. Er schien in sich zusammenzusinken wie ein Geschlagener.
»Ich glaube, wir müssen miteinander reden«, sagte er.

16

»Warum haben Sie ihn getötet?« fragte ich.
Er sah mich perplex an. »Frank, meinen Sie? Ich habe ihn nicht getötet.« Er setzte sich wieder an den Picknicktisch, die Schultern nach vorn gekrümmt.
Mit einer Mischung aus Erleichterung und Enttäuschung setzte ich mich zu ihm. Vielleicht war Jesse wirklich nicht der Mörder. Aber was hatte er dann in Marias Schreibtisch zu suchen gehabt? Und was hatte er verbrannt?
Wir saßen Seite an Seite, ohne einander anzusehen. Schließlich sagte Jesse: »Sie haben mich an Marias Schreibtisch gesehen, nicht wahr?«
»Ja. Ich war in meinem Büro.«
Wieder schwieg er. »Maria bat mich, etwas herauszuholen«, sagte er dann. »Sie gab mir ihren zweiten Schlüssel.«
»Und was sollten Sie holen?«
»Briefe.« Er griff in seine Jackentasche und legte mir ein Bündel Briefe in den Schoß. »Sie hatte sie in ihrem Schreib-

tisch eingeschlossen. Aber nachdem Sie den einen Schlüssel an sich genommen hatten, war ihr nicht mehr wohl. Deshalb bat sie mich, sie zu holen und zu vernichten.«
Ich sah auf die Briefe hinunter. Die Umschläge trugen weder Marke noch eine Adresse.
»Von wem sind sie?«
»Von Frank.«
Überrascht sah ich ihn an.
Jesse senkte die Lider. »Ja. Von Frank. Liebesbriefe.«
Erst Gloria Sanchez, nun Maria. Ich hätte es mir nicht träumen lassen. Deshalb also war Frank so schlecht auf Jesse zu sprechen gewesen – nicht weil er Maria für seinen Bruder haben wollte, sondern weil er sie selbst wollte.
»Wissen Sie das schon lange?«
»Nein. Erst seit heute abend.« Seine Stimme klang brüchig, als müßte er die Tränen zurückhalten.
»Und wie lang ging das mit Frank?«
»In Wirklichkeit war gar nichts. Schon bald nachdem sie zu den de Palmas gezogen war, fing er an, ihr diese Briefe ins Zimmer zu legen. Sie ermutigte ihn, ließ sich aber nicht von ihm anrühren. Sie wollte, daß er ihr weiterhin die Briefe schrieb, verstehen Sie.«
»Warum?«
Jesse schwieg lange.
»Warum, Jesse?«
»Sie wollte – sie wollte ihn damit erpressen. Sie wollte ihre eigene Wohnung und ihren eigenen Wagen. Sie dachte, wenn sie genug beisammen hätte und ihm dann drohte, sie Rosa zu zeigen, würde er sie finanziell unterstützen.«
Mir war ganz übel.
»Sie können die Briefe ruhig lesen«, sagte Jesse.
»Nein.« Ich reichte sie ihm zurück. »Verbrennen Sie sie.«

Er ging wieder zu dem Grillplatz hinüber.
»Sie wollte ihn an dem Abend damit konfrontieren, an dem er getötet wurde.«
An dem Abend, als er getötet wurde. Maria konnte ihn –
»Jesse, glauben Sie, sie könnte ihn getötet haben?«
»Ich weiß nicht. Ich weiß überhaupt nichts mehr.«
»Warum hat sie Ihnen davon erzählt?«
»Sie scheint es gar nicht schlimm zu finden. Sie ist eher stolz darauf, daß sie so schlau war.« Jesse zündete einen der Briefe an und hielt ihn in der Hand, während die Flamme größer wurde. Sein Gesicht wirkte müde. »Das Wahnsinnige ist, daß ich sie trotzdem liebe.«
»Aber wie lange würde eine solche Liebe denn halten?«
Er zuckte die Achseln, während er die restlichen Briefe in Brand setzte.
»Jesse, wenn Sie sie heiraten, wird dieses Wissen Ihnen Ihr ganzes Leben vergällen.«
»Ich weiß.«
»Denken Sie an Ihre Arbeit.«
»Ich weiß.«
»Wie können Sie schöpferisch sein, wenn Ihre Seele langsam stirbt?«
Jesse sah mich an und nickte. Es war natürlich sinnlos zu reden. Dieses Problem mußte Jesse für sich lösen.
»Jesse«, sagte ich, »als Sie die Briefe aus dem Schreibtisch holten, war doch der Kellerschlüssel noch da?«
»Ja.«
»Haben Sie den Schreibtisch wieder abgesperrt?«
»Ja.«
Und der Mörder hatte inzwischen reichlich Zeit gehabt zu handeln. Es war fast elf. Während ich Jesse nachgejagt war, hatte der Mörder unbemerkt meine Falle umgehen können.
»Ich muß zurück«, sagte ich und sprang auf, um zu meinem Wagen zu laufen.

Das Fest ging zu Ende, als ich ins Museum zurückkam. Die Gäste waren auf dem Weg zu ihren Autos. Im Hof traf ich mit Carlos Bautista zusammen.
»Ein gelungener Abend, Elena«, sagte er und nahm meine Hände. »Das haben Sie großartig gemacht.«
»Ich hatte tatkräftige Hilfe.«
Carlos hielt immer noch meine Hände. Ich versuchte, sie ihm zu entziehen.
»Was ist?« fragte er, verwundert über meine Teilnahmslosigkeit.
»Ich bin nur müde.«
»Morgen können Sie ausschlafen. Das Museum bleibt geschlossen. Ich habe allerdings für zwei eine Sitzung des Verwaltungsrats angesetzt.«
»Eine Sitzung?«
»Ja. Ich möchte Ihre Ernennung zur Direktorin amtlich machen. Vielleicht können wir hinterher zur Feier des Tages ein Glas zusammen trinken.«
»Das wäre nett.« Ich entzog ihm meine Hände und wollte gehen.
»Elena, ist alles in Ordnung?« Er war es wahrscheinlich nicht gewohnt, daß seine Aufmerksamkeit so lau aufgenommen wurde.
»Ja, natürlich.«
»Gut.« Er tätschelte mir kurz die Schulter und ging.
Im Bürotrakt stieß ich auf Vic.
»Ah, da sind Sie ja, Elena.«
»Ja, da bin ich.«
»Der Lieutenant hat angerufen. Er läßt Ihnen ausrichten, er kommt bald zurück und Sie möchten auf ihn warten.«
»Wahrscheinlich will er mich verhaften.«
»Ach was.«
Ich setzte mich achselzuckend in Marias Sessel.
»Stimmt etwas nicht?«
»Doch, doch. Ich bin nur müde.«

»Kann ich etwas tun?«

Mich in Ruhe lassen. »Nein, Vic. Fahren Sie ruhig nach Hause.«

»Ja, ich denke, das werde ich tun. Gehen Sie nur auch bald schlafen.« Mit einem letzten besorgten Blick auf mich ging Vic hinaus.

Ich zog den Schlüssel aus meiner Tasche, um den Schreibtisch aufzusperren, aber da sah ich, daß, wie ich befürchtet hatte, schon jemand vor mir dagewesen war. Die Schublade war einen Spalt offen, und als ich sie aufzog, sah ich sofort, daß der Kellerschlüssel weg war. Ich rannte zur Kellertür. Sie war abgeschlossen, und der Schlüssel war nicht da.

Nun konnte ich nicht einmal hinunter, um nachzusehen, ob die *milagros* noch da waren. Mein ganzer schöner Plan war geplatzt.

Ich machte einen Rundgang durch die Räume, um nachzusehen, ob die ehrenamtlichen Helfer alles aufgeräumt hatten, dann ging ich in den Hof hinaus und sagte ihnen, sie könnten nach Hause gehen. Die restlichen Aufräumungsarbeiten konnten bis zum Morgen warten.

Ich schenkte mir aus einem fast leeren Krug einen Margarita ein und setzte mich in Franks Büro, um auf Kirk zu warten. Langsam drehte ich den Sessel, um mein neues Reich in Augenschein zu nehmen, obwohl mir meine Ernennung zur Museumsdirektorin in diesem Moment überhaupt nichts bedeutete. Vielleicht, dachte ich, sitze ich morgen schon in einer Zelle.

Ich betrachtete den Sprung in der Fensterscheibe, den leeren Haken an der Wand, den Schmutzfleck direkt darüber. Sie erzählten die Geschichte von Franks Ermordung. Aber sie sagten mir nicht, wer der Mörder war.

Ich drehte mich auf dem Sessel hin und her. Fensterscheibe, Haken, Schmutzfleck ... Haken, Schmutzfleck, Fensterscheibe.

Oder verrieten sie doch, wer der Mörder war? Ich stand auf

und begann, im Zimmer hin und her zu gehen. Diesmal würde ich sehr gewissenhaft überlegen und versuchen, die zwangsläufigen Verbindungen herzustellen.
Vor dem Fenster blieb ich stehen und sah zu der Azalee hinaus. Ich drehte mich um und blickte zu dem Haken hinauf. Und da wußte ich plötzlich mit absoluter Gewißheit, wer der Mörder war. Es war so klar, so offensichtlich, daß ich nicht verstand, wieso ich es nicht schon vorher erkannt hatte.
Einerseits war es eine Erleichterung, andererseits hatte ich plötzlich das Gefühl einer schrecklichen Leere.
Ich griff zum Telefon, um zu versuchen, Kirk zu erreichen. Ich hatte gerade die erste Zahl gewählt, als ich das Geräusch hörte. Es war wie ein feines Rascheln. Da schlich jemand durch den Bürotrakt zum Keller.
Mit angehaltenem Atem stand ich in der Dunkelheit. Dann glitt ich hinaus, in den Korridor, der zum Keller führte. Die Tür am Fuß der Treppe schloß sich vor mir. Der Schlüssel steckte.
Der Mörder war mir also doch in die Falle gegangen. Es war genauso, wie ich es geplant hatte. Nur hatte ich damit gerechnet, Dave Kirk an meiner Seite zu haben. Aber ich konnte ja auch allein hier warten und die Person schnappen, die jetzt im Keller war. Der Mörder wußte offenbar nicht, daß noch jemand im Museum war; mein unerwartetes Auftauchen würde ihn in der ersten Schrecksekunde sicher lähmen, und dann konnte ich ihn überwältigen. Aber es konnte auch anders ausgehen, und dann würde ich keinen Beweis in der Hand haben und Kirk würde mir so nicht glauben.
Lauschend blieb ich im dunklen Korridor stehen. Von unten drangen Geräusche herauf. Der Mörder gab sich, in dem Glauben, ganz allein im Museum zu sein, keine Mühe leise zu sein.
Vielleicht konnte ich mich hinunterschleichen und alles

beobachten, dem Mörder dann folgen, um zu sehen, was er mit den *milagros* tat. Gefährlich. So ganz allein war das gefährlich.

Ich schlüpfte aus meinen Sandalen und schlich zur Kellertür. Die Steinstufen waren kalt an meinen nackten Füßen. Vorsichtig tastete ich mich von Stufe zu Stufe. Als ich hinunterkam, sah ich, daß der hintere Teil des Kellers von der Taschenlampe erleuchtet war. Ich blieb stehen. Kisten und Kartons versperrten mir den Weg. Ich konnte nur den Lichtschimmer sehen; und Geräusche hören, als kramte dort hinten jemand herum.

Schritt für Schritt glitt ich vorwärts. Ich mußte achtgeben, daß ich nirgends anstieß. Der Killer hatte die Taschenlampe. Das konnte gefährlich werden, wenn er sie auf mich richtete. Bei jedem Schritt achtete ich darauf, daß es zwischen den Kartons ein Eckchen gab, in dem ich mich notfalls verstekken konnte.

Die Geräusche vor mir hörten plötzlich auf. Hastig huschte ich hinter einen Stapel Kisten. Jemand seufzte. Dann begannen die Geräusche von neuem. Ich schlich weiter, einen Karton näher, zwei, drei.

»*Maldito!*« Die flüsternde Stimme war nicht zu erkennen. Dennoch wußte ich, wer gesprochen hatte.

Weiter. Noch ein Karton. Und noch einer. Wie lange noch, ehe der Mörder die *milagros* fand? Sich umdrehte, mir sein Gesicht zeigte?

Ich erreichte den letzten Karton. Das Licht der Taschenlampe leuchtete diesen Teil des Kellers voll aus, aber ich konnte nur die Bodendielen und die kleinen Fenster ganz oben unter der Decke sehen. Wenn ich den Mörder sehen wollte, mußte ich aus meiner Deckung hervortreten.

Wieder brachen die Geräusche ab. Wieder ein tiefer Seufzer.

Ich trat in den Gang hinaus.

Und stand Isabel gegenüber.

Das lange Haar hatte sich aus den Kämmen gelöst und fiel

ihr strähnig über die Schultern. Die Folklorebluse war schmutzig. Der aufwärts gerichtete Strahl der Taschenlampe fing die angespannten Gesichtszüge ein.

Leider fing er auch mich ein.

»O Gott!« Die Worte waren ein Zischen.

Ich trat zurück.

»Was tun Sie hier?« fragte sie scharf, um mich in die Defensive zu drängen.

Aber sie konnte mich nicht unsicher machen.

»Was ist, Isabel? Können Sie die *milagros* nicht finden?«

»Sie Biest! Sie haben sich das nur ausgedacht. Es sind gar keine hier.«

»Doch, sie sind hier.« Ich griff in die Tiefe des Regals. »Sie hätten sie gefunden, wenn Sie nicht so ungeduldig gewesen wären.« Ich öffnete die Schachtel und zeigte ihr eines, den stilisierten Frauenkopf.

»Das – das ist keines von denen, die Frank importiert hat. Ich erkenne es. Es gehört Ihnen. Ich erinnere mich noch an den Tag, als Sie es kauften.«

»Ja, es gehört mir.«

»Warum ist es dann hier unten?«

»Weil ich einen Beweis haben wollte.«

»Einen Beweis?« Sie lachte heiser. »Wofür denn?«

»Daß Sie mich gestern abend hier überfallen haben und die anderen Kunstgegenstände weggebracht haben. Daß Sie mich in meinem Wagen aus der Stadt gefahren und mich da draußen abgesetzt haben, als das Benzin ausging. Daß Sie Frank ermordet haben.«

»Das ist ja absurd!«

»Wirklich? Was tun Sie dann hier unten? Warum suchen Sie dann nach diesen Dingen hier?« Ich hielt ihr das *milagro* unter die Nase.

Sie schlug meine Hand weg.

»Ich will das Museum retten, Sie Gans. Aber daran liegt Ihnen ja nichts. Sie wollen nur die Schwindelgeschäfte Franks an die Öffentlichkeit ziehen. Ihnen liegt nur an Ihrer eigenen –«

»Sie wollen sich selbst retten, Isabel.«

Isabel schlug wieder nach mir, und das *milagro* fiel mir aus der Hand. Sie packte mich bei den Schultern und fing an, mich zu schütteln. In ihrer Wut entwickelte sie eine unheimliche Kraft.

Ich riß mich los und taumelte gegen einen leeren Karton. Er kippte um, und ich fiel zu Boden. Ehe ich mich wieder aufrichten konnte, stürzte sich Isabel auf mich und umklammerte meinen Hals. Ich versuchte, sie wegzustoßen, aber ihre Arme waren so lang, daß ich sie nicht erreichen konnte. Ich trat mit den Füßen, aber auch das half nichts. Ich versuchte, ihre Finger wegzuziehen, aber sie waren wie eiserne Klammern.

Sie riß mich in die Höhe. Die Hände an meinem Hals packten fester zu. Ich hatte Mühe zu atmen. In panischer Angst sah ich mich nach einer Waffe um.

Bilderrahmen ... die Trümmer des Lebensbaums ... eine Statuette von Quetzalcoatl ... ein Bronzeschwert ...

Die Angst verlieh mir Kraft. Es gelang mir, mich Isabels Umklammerung zu entwinden, und ich grapschte nach dem Schwert. Meine Finger glitten ab, und Isabel packte mich wieder. Ich fuhr herum und schlug sie ins Gesicht. Sie schrie auf und ließ mich los. Ich ergriff das Schwert.

Beinahe hätte ich sie mit der Spitze ins Auge getroffen, als ich herumwirbelte. Einen Moment stand sie wie erstarrt, dann wich sie zurück und rannte den Gang zwischen den Kartons hinunter, hinaus aus dem Lichtkreis der Taschenlampe, der Treppe zu. Das schwere Schwert mit mir schleppend, lief ich ihr nach.

Sie rannte die Treppe hinauf und stieß die Tür auf. Licht flutete in den Keller.

»Hilfe!« schrie sie. »Sie will mich umbringen.« Dann lief sie den Gang entlang.

Ich hörte schwere Schritte über mir und sprang die Treppe hinauf. In der Mitte des Korridors stand Dave Kirk. Isabel befand sich auf halbem Weg zwischen ihm und der Kellertür.

»Halten Sie sie auf«, rief ich. »Sie ist eine Mörderin.«

Isabel drehte sich einmal kurz nach mir um, dann stürzte sie zu Kirk. »Bitte helfen Sie mir. Sie hat Frank getötet und jetzt will sie auch mich töten.« Keuchend hielt sie sich an ihm fest.

Ich blieb stehen. »Sie lügt. *Sie* hat –«

Kirk legte einen Arm um Isabel. Seine unergründlichen braunen Augen richteten sich erst auf mich, dann auf das Schwert in meiner Hand. Wem würde er glauben?

»Sie will mich umbringen«, jammerte Isabel wieder. »Genau wie sie Frank umgebracht hat –« Die Worte endeten in einem Aufschrei.

Kirk drückte Isabel eine Hand auf den Mund und mit der anderen drehte er ihr die Arme auf den Rücken. Sie wehrte sich, doch er hielt sie fest.

Ich war tief erleichtert. Kirk hatte Isabels Theater durchschaut und die Wahrheit erkannt. Vielleicht hatte er schon eine ganze Weile hier oben gestanden und mit angehört, was im Keller vorgegangen war.

Ich sah ihn an. Wieder wanderte sein unergründlicher Blick von meinem Gesicht zu dem schweren Schwert in meiner Hand.

»So«, sagte er, »und Sie bilden sich wohl ein, Sie wären Zorro?«

17

Als ich am nächsten Nachmittag vom Arzt nach Hause kam, hielt meine Mutter unter dem Pfefferbaum in meinem Garten hof. Sie hatte das Teeservice mit den blauen Blümchen herausgeholt und servierte den Tee mit Zitrone und uralten Vanillewaffeln.

Ich blieb lächelnd an der Gartentür stehen. Rechts von meiner Mutter saß Carlos Bautista, ganz der Grandseigneur mit der zierlichen Teetasse in der Hand, links saß Dave Kirk und machte ein Gesicht, als könne er ein Bier gebrauchen. Die beiden Männer standen auf, als ich in den Garten kam.

»Was geht denn hier vor?« Ich zog mir einen Stuhl heran.

»Mr. Bautista wollte sich nach deinem Befinden erkundigen«, antwortete meine Mutter. »Und Lieutenant Kirk ebenfalls. Es ist doch alles in Ordnung?«

»Aber ja. Der Arzt hat mich für kerngesund erklärt.«

Mit einem Seufzer der Erleichterung schenkte sie mir Tee ein. Sie war schon am frühen Morgen gekommen, sobald sie die letzten Neuigkeiten gehört hatte, und hatte, angesichts des Chaos in meinem Haus, sofort angefangen sauberzumachen.

Ich wandte mich Dave Kirk zu. Mein Zorn auf ihn war verraucht. Er hatte sich bei mir für sein früheres Verhalten entschuldigt und sogar zugegeben, daß er Isabel erst verdächtigt hatte, als er beobachtete, wie sie am Abend zuvor nach dem Fest noch einmal ins Museum gegangen war. Mit einem Schlüssel. Leichtsinnigerweise hatte sie die Alarmanlage nicht wieder eingeschaltet, als sie drinnen war, so daß Kirk ihr gefolgt war und sie schließlich im Keller gehört hatte.

»Hat Isabel schon gestanden?« fragte ich ihn jetzt.

Er schüttelte den Kopf. »Dazu wird es wahrscheinlich auch nie kommen. Vom Revier aus rief sie als erstes Al Faxstein an, den bekannten Strafverteidiger, und seitdem hüllt sie sich in Schweigen.«

»Aber er wird sie doch nicht freibekommen?«
»Nein, keine Sorge.«
»Was ist mit den anderen?«
»Robert de Palma und Vic Leary sind in Haft. Gloria Sanchez ebenfalls, obwohl sie behauptet, von den Unterschlagungen nichts gewußt zu haben. Wir werden ja sehen.«
»Wie geht es Vic?«
»Er scheint beinahe erleichtert.«
Kaum ein Wunder, bei den Schuldgefühlen, die ihn gequält haben mußten.
»Und Tony?« fragte ich.
Kirk grinste, Carlos schien belustigt.
»Tony«, erklärte Kirk, »schnappte sich die nächste Maschine nach Kolumbien, ehe wir den Haftbefehl ausstellen konnten.«
»Was ist daran so komisch?«
»Seine Frau weigerte sich, ihn zu begleiten.«
»Was?«
»Ja, sie sagte, sie wolle sich lieber allein in den Staaten durchschlagen, als in dieses primitive Land zurückzukehren, wie sie es formulierte.«
Carlos fügte hinzu: »Wundern Sie sich also nicht, wenn sie wegen einer Arbeit zu Ihnen kommt, Elena.«
»Du lieber Gott.«
Carlos lächelte nur und zuckte die Achseln.
Eine Weile schwiegen wir alle, dann fragte meine Mutter: »Elena, weißt du, warum Isabel Frank getötet hat?«
»Ich glaube schon. Ich bin ziemlich sicher, daß sie die Unterschlagungen entdeckt hatte. Sie war ja sehr engagiert in ihrer Arbeit für das Museum und wußte darum wohl über alles besser Bescheid als jeder andere. Und ich weiß, daß sie immer fürchtete, Frank würde dem Museum irgendwie Schaden zufügen. Sie ließ ihn keinen Moment aus den Augen.«
»Aber ihn töten . . .«
»Sie hatte das sicher nicht geplant. An dem betreffenden

Nachmittag sagte sie zu mir, sie wolle ein Wörtchen mit ihm reden. Ich glaube, sie wollte ihm sagen, was sie entdeckt hatte, und ihm nahelegen zu gehen. Vielleicht wollte sie ihm auch nur auf den Zahn fühlen. Jedenfalls war sie, als ich ging, noch im Museum. Sie suchte ihn und fand ihn schließlich im Saal für Volkskunst.«

»Und tötete ihn«, sagte meine Mutter.

»Nein, ich glaube nicht, daß es so war. Sie konfrontierte ihn. Sie stritten. Sie erkannte, daß er das Museum ruinieren würde, wenn er so weitermachte, und das Museum war nach ihrer in die Brüche gegangenen Ehe das einzige, was ihr noch etwas bedeutete. Erinnerst du dich an unser Gespräch mit Nick? Wo ich sagte, daß ein Mann wie Frank Isabel zum Wahnsinn getrieben hätte?«

Meine Mutter nickte.

»Genau das hat er getan. Isabel hatte sich Frank immer unterworfen, wie vorher ihrem Mann. Aber genau wie Douglas Cunningham trieb Frank es schließlich zu weit, und ihre unterdrückte Wut brach sich Bahn. Und für Frank endete es tödlich.«

»Schön, sie hatte vielleicht nicht vor, Frank zu töten, aber wie war es denn mit dir?« Die Augen meiner Mutter blitzten. »Dich hätte sie doch da draußen auf dem Feld kaltblütig sterben lassen.«

»Ich glaube, da wußte sie gar nicht, was sie tat. Sie schlug mich nieder, weil sie den Kopf verlor. Wahrscheinlich glaubte sie in ihrer Panik, sie hätte mich getötet. Es war alles sehr ungeschickt.«

»Du bist zu nachsichtig.«

»Vielleicht. Aber weißt du, wenn sie nicht so gehandelt hätte, wäre ich vielleicht nie darauf gekommen, daß sie Frank ermordet hatte.«

Carlos beugte sich interessiert vor.

»Jetzt bin ich aber gespannt. Wie sind Sie denn auf sie gekommen?«

»Erstens wurde mir klar, daß sie die einzige Person war, der ich von meinem Fund im Keller erzählt hatte. Dabei sagte ich ihr auch, daß ich zunächst geglaubt hatte, der Mörder hätte sich über Nacht im Museum versteckt. Dadurch kam sie wahrscheinlich auf den Gedanken, sich tatsächlich dort zu verstecken und die Kunstgegenstände nach Einbruch der Dunkelheit wegzubringen. Sie mußte sich verstecken, weil sie sonst nicht wieder hineingekommen wäre, nachdem ich die Alarmanlage eingeschaltet hatte. Sie war die einzige, die wußte, daß ich die Kunstgegenstände gefunden hatte, und fürchtete, daß ich damit zur Polizei gehen würde. Aber vor der Polizei hatte sie verständlicherweise Angst. Sie bildete sich wohl ein, sie könne das Museum vor dem Ruin retten – und sich selbst auch.«

»Aber ist das nicht ein ziemlich unzureichender Grund, sie zu verdächtigen?« meinte Carlos.

»Für sich allein, ja. Aber es gab auch einen Hinweis, den ich schon gesehen hatte, ehe ich von Franks Ermordung wußte.«

»Was denn?« fragte meine Mutter.

»Ein Schmutzfleck auf Isabels Tenniskleid. Als ich sie das letztemal im Museum sah, war er noch nicht da, aber als ich sie später am Abend im Supermarkt traf, fiel er mir auf. Und er blieb mir im Gedächtnis, weil das für Isabel etwas ganz Ungewöhnliches war.«

»Was hat der Schmutzfleck mit Franks Ermordung zu tun?«

»Isabel holte sich den Schmutzfleck bei ihrem geheimnisvollen Abgang aus dem abgeschlossenen Museum – der uns allen so rätselhaft war.«

»Ah ja«, sagte Carlos. »Und wie ist sie hinausgekommen?«

»Folgendermaßen: Nur zwei Leute hatten Schlüssel zur Alarmanlage und zum Hoftor. Meine hatte ich bei mir, folglich hätte Isabel Franks Schlüssel nehmen müssen, um die

Alarmanlage wieder einzuschalten. Aber die hingen am nächsten Morgen im Museum an ihrem Platz. Irgendwie mußte Isabel sie also zurückgebracht haben.«
»Aber wenn sie noch einmal hineingegangen ist –«
»Sie ist nicht noch einmal hineingegangen. Sie ging durch eine der Nebentüren hinaus; das war aus der Position des Schlosses der Alarmanlage zu entnehmen. Wäre sie aber durch die Tür der Laderampe hinausgegangen, hätte sie den Schlüssel nicht zurückbringen können. Es muß also die Tür zum Innenhof hinter Franks Büro gewesen sein. Sie ging durch die Tür hinaus und schaltete die Alarmanlage wieder ein. Dann ging sie zum Tor und sperrte das Vorhängeschloß auf. Dann ging sie wieder in den Hof, nahm eine Latte von einer der neuen Azaleen, hängte den Schlüsselbund über die Spitze und schob ihn durch das Gitter vor dem Bürofenster hinein und auf den Haken an der Wand.«
»Aber«, warf Carlos ein, »wäre es Ihnen denn nicht aufgefallen, wenn das Fenster am nächsten Morgen offen gewesen wäre?«
»Ja. Es war nicht offen.«
»Aber wie –?«
»Die Fenster sind alt«, erklärte ich, »und die Riegel locker. Isabel überprüfte das wahrscheinlich alles, ehe sie hinausging. Wenn man das Fenster kräftig zuschlägt, fällt der Riegel von selbst herunter. So machte sie das. Dann brauchte sie nur noch durch das Tor zu gehen und das Schloß hinter sich zuzudrücken. Es war, als wäre sie nie dagewesen.«
»Aber wie haben Sie das herausbekommen«, fragte Carlos.
»Anhand von drei Fakten. Erstens fehlte die Latte der Pflanze direkt vor dem Fenster. Sie war durch den Rost über dem Kellerfenster gefallen. Isabel war wahrscheinlich nervös und ließ sie fallen und bekam sie nicht wieder heraus.
Zweitens schlug sie das Fenster ein wenig zu kräftig zu, und die Scheibe bekam einen Sprung. Ich wußte, daß er neu war,

weil wir das Gebäude vor unserem Einzug auf solche Schäden inspiziert hatten.
Drittens war Isabel ein wenig ungeschickt, als sie den Schlüsselbund wieder auf den Haken schob. Sie machte einen Schmutzfleck an die Wand unmittelbar über dem Haken. Der war am Nachmittag zuvor noch nicht dagewesen.«
»Und der Schmutzfleck an der Wand paßte zu dem Schmutzfleck auf ihrem Kleid«, bemerkte meine Mutter.
»Genau.«
»Du bist doch ein gescheites Kind!«
»Gescheit? Ich hab drei Tage gebraucht, um dahinterzukommen.«
»Aber du bist wenigstens dahintergekommen.« Meine Mutter warf Dave Kirk einen vielsagenden Blick zu.
Kirk machte ein verlegenes Gesicht.
Carlos räusperte sich. »Lieutenant, dieser Superanwalt wird sie doch nicht herauspauken?«
»Nein«, antwortete Kirk. »Wir haben Beweise genug. Sie hatte die Schlüssel zum Museum in der Tasche, als wir sie festnahmen, Beweis, daß sie es war, die Miss Oliverez im Keller niederschlug. Und wir haben einen Zeugen, einen Mann, der Isabel mitnahm, als sie zur Stadt zurückwollte. Und wir fanden einen Splitter des Todesbaums in ihrem Wagen.«
»Tja«, sagte Carlos, »wir werden in den nächsten Wochen viel zu tun haben. Das Museumspersonal ist auf zwei Mitarbeiter geschrumpft.«
»Ich möchte Maria entlassen«, warf ich ein.
Er sah mich fragend an.
»Sagen wir, ich möchte einen ganz neuen Anfang machen.«
Carlos lächelte. »Tun Sie, was Sie für richtig halten.«
Kirk stellte seine Teetasse nieder und stand auf.
»Ich muß zurück ins Büro.« Er reichte mir die Hand. »Ich

möchte mich noch einmal entschuldigen, Miss Oliverez. Ich hätte Ihren Informationen mehr Beachtung schenken sollen. Darf ich mich demnächst einmal wieder melden?«

»Amtlich?« fragte ich.

»Nicht amtlich.« Er lachte.

»Gern.« Ich warf einen Blick auf Carlos und sah einen Schatten des Unmuts auf seinem Gesicht. Er stand ebenfalls auf, nahm ebenfalls meine Hand.

»Und wir«, sagte er, »müssen uns dringend über das Museum unterhalten. Vielleicht morgen beim Abendessen. Ich rufe Sie vormittags an.« Er warf Kirk einen triumphierenden Blick zu, bei dem ich beinahe gelacht hätte.

Meine Mutter führte die beiden Männer hinaus, während ich mir noch eine Tasse Tee eingoß.

»Ich glaube, die interessieren sich beide für dich«, verkündete meine Mutter, als sie zurückkam.

»Ach, meinst du?«

»Ja. Ich hab so ein Gefühl, weißt du.«

»Du und deine Gefühle!«

»Lach nicht.«

»Na schön. Wenn deine Gefühle immer so richtig sind, dann sag mir eines: Welcher von den beiden ist denn nun die große Liebe meines Lebens?«

»Keiner, Elena. Keiner von beiden.« Dann lachte sie spitzbübisch. »Aber Spaß wirst du mit beiden haben.«